人民日报海外网
●编著●

我在中国当大使

第二辑

28国驻华大使讲述
他们看到的中国

人民日报出版社
北京

图书在版编目（CIP）数据

我在中国当大使. 第三辑 / 人民日报海外网编著.
-- 北京 : 人民日报出版社, 2024.4
ISBN 978-7-5115-8272-0

Ⅰ.①我… Ⅱ.①人… Ⅲ.①新闻采访－作品集－中国－当代 Ⅳ.①I253

中国国家版本馆CIP数据核字(2024)第086313号

书　　名：**我在中国当大使. 第三辑**
　　　　　WOZAI ZHONGGUO DANGDASHI.DISANJI
作　　者：人民日报海外网

出 版 人：刘华新
责任编辑：张炜煜　霍佳仪
封面设计：李尘工作室
版式设计：元泰书装

出版发行：人民日报出版社
社　　址：北京金台西路2号
邮政编码：100733
发行热线：(010) 65369509 65369512 65363531 65363528
邮购热线：(010) 65369530 65363527
编辑热线：(010) 65369514
网　　址：www.peopledailypress.com
经　　销：新华书店
印　　刷：北京中科印刷有限公司
法律顾问：北京科宇律师事务所 010-83622312

开　　本：710mm×1000mm　　　1/16
字　　数：330千字
印　　张：24.5
版　　次：2024年5月第1版
印　　次：2024年5月第1次印刷

书　　号：ISBN 978-7-5115-8272-0
定　　价：78.00元

序　言

　　"让孩子看看外国人眼里的中国，多发现我们国家的美，也了解国外更多元的文化，为探索世界播下一颗期待的种子。"在社交媒体上，一位母亲这样表达她对《我在中国当大使》的读后感。

　　"我在中国当大使"系列融媒报道借助驻华大使的全球视角，向世界生动讲述中国共产党的故事、中国式现代化的故事、中国与世界合作共赢的故事，目前已有150余位驻华大使接受专访。由人民日报海外网编著、人民日报出版社出版的《我在中国当大使》（第一辑、第二辑）广受好评。这次，我们又将阿塞拜疆、科摩罗、刚果（布）、刚果（金）、克罗地亚、埃及、埃塞俄比亚、冈比亚、格鲁吉亚、几内亚比绍、圭亚那、洪都拉斯、伊朗、老挝、黎巴嫩、马里、尼泊尔、尼日尔、秘鲁、萨摩亚、圣多美和普林西比、塞尔维亚、叙利亚、坦桑尼亚、东帝汶、特立尼达和多巴哥、土耳其、津巴布韦等28国驻华大使专访及相关报道集结成《我在中国当大使》（第三辑），以飨读者朋友。

　　本书记录了大使"细节拉满"的在华见闻。刚果（布）驻华大使雅克·尼昂加对"中国养活人民的能力"印象深刻，表示"我们希望借鉴中国经验，寻找粮食自给自足的办法"；埃及驻华大使阿西姆·哈奈菲是第一次来中国，说"每天都有新体验，这让我很兴奋"；冈比亚驻华大使马萨内·纽库·康蒂回忆冈比亚与中国复交的情形，称"与中国复交是冈比亚时任政府最大的外交成就";几内亚比绍驻华大使安东尼奥·塞里福·恩巴洛去过中国多地,感慨"中国城市都保持了特色,拥有强劲的发展势头";曾在天安门广场参加新中国成立70周年庆祝活动的老挝驻华大使坎葆·恩塔万认为,中国正在走向世界舞台中央;黎巴嫩驻华大使米莉亚·贾布尔在中国迷上了网购,认为黎巴嫩可以向中国学习如何发展电子银行和网络支付;特立尼达和多巴哥驻华大使刘娜说,"最令我惊讶的是,中国在很短的时间就完成了电子商务的普及";尼泊尔驻华大使比什努·施雷斯塔在宁夏看到一个绿色发展的中国,"人们把沙漠变成了瓜果飘香的绿洲";尼日尔驻华大使加尔巴·塞尼表示"尼日尔人民赞赏中国在尼援建的项目,许多发展中国家受益于中国经济实力与发展经验";萨摩亚驻华大使卢阿马努韦·马里纳说"在中国,我每天都在学习新知识,萨摩亚可以认真研究'中国式现代化'所包含的要素,从中借鉴经验";津巴布韦驻华大使马丁·切东多坦言"无论我走到何地,都能深深体会到中国人的民族自豪感、对国家的归属感以及强烈的自信心,这一点非常了不起"。

本书再现了中外文化交融的鲜活场景。克罗地亚驻华大使达里欧·米海林被春节"圈粉",点赞中国人不变的家文化弥足珍贵,"每逢佳节,中国人都要讲究吃个团圆饭";刚果(金)驻华大使巴卢穆埃内"很喜欢吃粽子";马里驻华大使迪迪埃·达科开心地介绍自己在中国的寻味之旅,"我品尝各地美食,爱上了绍兴臭豆腐";格鲁吉亚驻华大使阿尔奇尔·卡岚迪亚将茶叶看作中国与格鲁吉亚两国人民友谊的载体,"每次我回到格鲁吉亚都会给朋友们带一些中国茶叶";阿塞拜疆驻华大使阿克拉姆·杰纳利观察到中国古城西安和阿塞拜疆首都巴库之间有强烈的文化亲近感,"欢迎更多中国游客到阿塞拜疆享受美味佳肴、游览名胜古迹";科摩罗驻华大使毛拉纳·谢里夫是电影《战狼》的粉丝,"中国影视剧在科摩罗向来有人气";坦桑尼亚驻华大使姆贝尔瓦·凯鲁基说,他身边有不少朋友一集不落追《媳妇的美好时代》,并惊讶地发现原来中国人和他们一样有婆媳关系的问题，家庭生活有笑也有泪；圭亚那驻华大使周雅欣曾在北京语言大学度过愉快的留学时光，她期望更多中国年轻人走进圭亚那；圣多美和普林西比驻华大使伊莎贝尔·多明戈斯感谢"中国在帮助培养圣普留学生方面提供了重要支持"；东帝汶驻华大使阿布朗·多斯·桑托斯曾登上长城庆祝自己 60 岁生日，"长城在东帝汶家喻户晓"。

本书中的报道在海内外引发正向互动。"我在中国当大使"得到外国驻华使馆、受访大使本人、中国驻外使馆的关注与推荐，在全球广为传播。叙利亚驻华大使穆·哈桑内·哈达姆称赞了相关报道，"过去数年，西方媒体对叙利亚石油被盗只字不提，因为中国等友好国家为叙利亚大声疾呼，这件事才大白于天下"；塞尔维亚驻华大使玛亚·斯特法诺维奇在采访结束后，邀约"我在中国当大使"栏目组再次去做客；采访埃塞俄比亚驻华大使塔费拉·德贝·伊马姆的报道发布后，中国外交部"直通非洲"转载；中国驻伊朗大使馆官方微信公众号全文转发对伊朗驻华大使穆赫森·巴赫蒂亚尔的专访文章，伊朗驻华大使馆通过海外社交媒体推送采访视频，大使本人也用个人账号分享了相关微博；土耳其驻华大使馆第一时间发布土耳其驻华大使伊斯梅尔·哈克·穆萨大使的受访照片，并用土中双语介绍这次采访……"我在中国当大使"也被中国外交官们频繁转发，包括洪都拉斯驻华大使萨尔瓦多·蒙卡达的观点"中国书写了成功故事，'全球南方'没有其他国家取得这样的成就"、秘鲁驻华大使马尔科·巴拉雷索的体会"中国在经济、社会、文化和生态等各领域追求高质量发展"，等等。

透过 28 位驻华大使的沉浸式在华体验，本书将为您提供观察中国、认识中国的不同视角，细细品味中国之变、世界之变。

编 者

2023 年 12 月

目 录
CONTENTS

阿塞拜疆 Azerbaijan

003 "想把中国灯会带回阿塞拜疆"
——访阿塞拜疆驻华大使阿克拉姆·杰纳利

007 阿中关系迎来进一步发展的新机遇

009 中阿两国瓷器有啥不同

011 里海之滨 火之国度

科摩罗 Comoros

017 "《山海情》鼓舞科摩罗青年"
——访科摩罗驻华大使毛拉纳·谢里夫

021 期待更多中企来科摩罗投资兴业

023 大使晒出香料"三宝"

025 去昂儒昂岛看鱼类"活化石"

刚果（布）Congo (Brazzaville)

029 "我国人民对中国医疗队评价很高"
——访刚果（布）驻华大使雅克·尼昂加

034 感受使馆里的"中文热"

036 两所学校见证中刚友谊

038 逛国家公园 看动物世界

刚果（金）Congo (Kinshasa)

043 "我的梦想是走遍中国"
　　　　——访刚果（金）驻华大使巴卢穆埃内

048 刚果（金）重建离不开中国

050 "我很喜欢吃粽子"

052 看不够的刚果（金）木雕

克罗地亚 Croatia

057 "中国人的家文化弥足珍贵"
　　　　——访克罗地亚驻华大使达里欧·米海林

062 以最好方式纪念欧中建交 45 周年

064 领带是连接克中的特殊符号

066 为啥热门剧在克罗地亚取景

埃及 Egypt

071 "中国短视频平台很有意思"
　　　　——访埃及驻华大使阿西姆·哈奈菲

076 埃及人民非常喜欢中国朋友

077 遇见"努力学中文"的大使

079 到尼罗河畔，与历史对话

埃塞俄比亚 Ethiopia

085 "我要在中国试试直播带货"
　　　　——访埃塞俄比亚驻华大使塔费拉·德贝·伊马姆

090 欢迎到埃塞俄比亚投资

092 大使的领带"亮"了

094 去贝尔山探寻濒危物种

我在中国当大使

冈比亚 Gambia

099 "我毫不犹豫选择中国"
　　——访冈比亚驻华大使马萨内·纽库·康蒂

103 大使盛赞中国减贫成就

105 "微笑海岸"的明珠

107 泛舟冈比亚河　领略自然之美

格鲁吉亚 Georgia

113 "我是半个北京人！"
　　——访格鲁吉亚驻华大使阿尔奇尔·卡岚迪亚

118 格中成为互利合作的典范

120 大使的礼物清单很"中国"

122 这里埋藏着数千年前的葡萄籽

几内亚比绍 Guinea-Bissau

129 "我们的国歌由中国作曲家创作"
　　——访几内亚比绍驻华大使安东尼奥·塞里福·恩巴洛

134 美西方对新疆的无端指责完全没有事实依据

136 大使自豪回忆递交国书时刻

138 非洲大陆的"神秘花园"

圭亚那 Guyana

143 "我非常愿意试试数字人民币！"
　　——访圭亚那驻华大使周雅欣

148 携手保护地球家园

150 遇见会做粤菜的大使

152 "多水之乡"瀑布飞流

洪都拉斯 Honduras

157 "我们对深化洪中合作满怀期待"
　　——访洪都拉斯驻华大使萨尔瓦多·蒙卡达

161 中国在我心里有特殊位置

163 爱读中国历史典籍的大使

165 中洪携手探秘玛雅文明

伊朗 Iran

171 "预祝杭州亚运会圆满成功！"
　　——访伊朗驻华大使穆赫森·巴赫蒂亚尔

176 新疆的发展变化令人惊叹

178 大使推介波斯地毯

180 探秘古城遗址　感受历史沉淀

老挝 Laos

185 "热烈祝贺中国"
　　——访老挝驻华大使坎葆·恩塔万

190 大使请吃"饭"

192 与神奇老挝的亲密接触

黎巴嫩 Lebanon

197 "感受到了中国人的热情好客"
　　——访黎巴嫩驻华大使米莉亚·贾布尔

202 使馆里"藏"着中国风

204 徒步黎巴嫩山区看大自然的画卷

我在中国当大使

马里 Mali

209　"第一次来中国就爱上北京烤鸭"
　　　——访马里驻华大使迪迪埃·达科

213　"中国建造"遍布马里

215　达科大使学中文有妙招

217　西非文化的摇篮

尼泊尔 Nepal

223　"中国共产党的承诺都会兑现"
　　　——访尼泊尔驻华大使比什努·施雷斯塔

227　尼中携手实现互利共赢

229　大使推荐的尼泊尔"宝藏"

231　邂逅"多山之国"

尼日尔 Niger

237　中国助力尼日尔走上发展快车道
　　　——访尼日尔驻华大使加尔巴·塞尼

242　尼中合作具有示范意义

244　大使"变身"专业导游

246　沙漠中有一座"网红"博物馆

秘鲁 Peru

251　"与中国合作的好处显而易见"
　　　——访秘鲁驻华大使马尔科·巴拉雷索

256　秘鲁将中国视为宝贵伙伴

258　秘鲁"小木屋"里有精彩大世界

260　到马丘比丘之巅，找寻印加文明的足迹

萨摩亚 Samoa

265 "如果有机会，我想游遍中国"
　　　　——访萨摩亚驻华大使卢阿马努韦·马里纳

269 送上诚挚的祝福

271 南太平洋上的神秘花园

圣多美和普林西比 Sao Tome and Principe

277 "与中国复交是圣多美和普林西比人民的共同期盼"
　　　　——访圣多美和普林西比驻华大使伊莎贝尔·多明戈斯

281 大使亲述复交背后的故事

塞尔维亚 Serbia

285 "希望在塞尔维亚能用移动支付"
　　　　——访塞尔维亚驻华大使玛亚·斯特法诺维奇

290 "数字丝绸之路"有巨大吸引力

292 大使一家的中国缘

294 中塞互免签证，旅行说走就走

叙利亚 Syria

299 "我想坐着高铁看中国"
　　　　——访叙利亚驻华大使穆·哈桑内·哈达姆

304 欢迎中企参与叙利亚经济重建

306 这位大使读阿语版《论语》

308 "叙"写千年文明传奇

我
在
中
国
当
大
使

坦桑尼亚 Tanzania

313　"家人为我来中国当大使而骄傲"
　　　　——访坦桑尼亚驻华大使姆贝尔瓦·凯鲁基

317　用镜头让大使"更接地气"

东帝汶 Timor-Leste

323　"我登上长城庆祝 60 岁生日！"
　　　　——访东帝汶驻华大使阿布朗·多斯·桑托斯

328　东中两国守望相助

330　大使向中国朋友发出邀请

332　邂逅东帝汶　回归质朴

特立尼达和多巴哥 Trinidad and Tobago

337　中国的快速发展令人瞩目
　　　　——访特立尼达和多巴哥驻华大使刘娜

341　出任驻华大使意义重大

343　女大使即兴敲起特多钢鼓

345　双岛之国的繁荣与宁静

土耳其 Türkiye

351　"中国很美，中国朋友对我们很友好"
　　　　——访土耳其驻华大使伊斯梅尔·哈克·穆萨

356　土中携手合作向未来

358　大使特意准备了"示意图"

360　伊斯坦布尔是一座"爱猫之城"

津巴布韦 Zimbabwe

365 "来到中国，就像回到了家"
　　——访津巴布韦驻华大使马丁·切东多

370 津巴布韦永远感激中国的友好

372 津巴布韦纸币已"清零"

374 度蜜月到"非洲天堂"去

8

阿塞拜疆

Azerbaijan

"想把中国灯会带回阿塞拜疆"

——访阿塞拜疆驻华大使阿克拉姆·杰纳利

手捧福字的阿塞拜疆驻华大使阿克拉姆·杰纳利　付勇超／摄

　　位于东欧和西亚的"十字路口",有永不熄灭的"火焰山",有古老而神秘的拜火教神庙……阿塞拜疆,是古丝绸之路上的重要一站。

　　"从几百年前开始,中国文化一直在阿塞拜疆深受欢迎。阿塞拜疆人知道中国源远流长的历史,知道中国盛产茶叶,也对中国民俗传说、书法、音乐、戏剧等十分感兴趣。"阿塞拜疆驻华大使阿克拉姆·杰纳利近日接受人民日报海外网专访,娓娓道出由古丝绸之路连接的阿中友谊,并表达了抓住共建"一带一路"机遇、推动两国关系发展的强烈期待。

"要把中文纳入小学课程"

　　阿塞拜疆人对中国文化的喜爱,从杰纳利身上可见一斑。"我很喜欢中国音乐,尤其是琵琶,它的音色非常美妙。我还喜欢京剧,它与其他戏剧截然不同。"说起喜欢的中国文化,杰纳利滔滔不绝。

　　对中国文化充满热情的杰纳利,自然不会错过在中国学"地道中文"的机会。杰纳利专门聘请了一位中文老师,在繁忙的大使工作中,每天都确保抽出 1 个小时学习中文。他还给自己的中文学习定了一个"小目标":两三年后能够用中文接受采访。

　　像杰纳利这样认真学习中文的阿塞拜疆人不在少数。杰纳利说,目前在阿塞拜疆的两所孔子学院取得了巨大成功，大约有 1500 名阿塞拜疆人参加孔子学院的各项活动。杰纳利透露，阿塞拜疆计划把汉语教育引入小学课程，目前正和中国教育部商讨相关事宜。

杰纳利不仅希望把中文纳入阿塞拜疆小学课程，还计划把更多中国文化传递到阿塞拜疆。已在中国度过好几个春节的杰纳利非常喜爱春节文化，"春节意味着团圆、美食，春节也是一年的开始。"杰纳利对春节习俗有不少了解，"福表示成功、幸运，'福'字应该贴在门上。"杰纳利还对四川自贡的灯会印象十分深刻，他希望把这样的活动带回阿塞拜疆，中国春节与阿塞拜疆最重要的节日纳乌鲁兹节在时间上很接近，他相信节日能拉近两国人民的距离。

"体会到强烈的文化亲近感"

如果说了解语言文化是打破交往壁垒的第一步，那么人民直接交往便是加深国与国友谊的有效方式。

杰纳利认为，去过阿塞拜疆的中国人和来过中国的阿塞拜疆人，一定都会对对方文化产生亲近感。杰纳利本人就从中国古城西安和阿塞拜疆首都巴库之间体会到强烈的文化亲近感。他说，西安是古丝绸之路的起点，而拥有千年历史的巴库也是古丝绸之路上的名城。西安有兵马俑，巴库有希尔凡王宫和少女塔，都是世界文化遗产。

杰纳利说，距离巴库不远的苏姆盖特也是古丝绸之路上的重要节点，不久前苏姆盖特与西安缔结了友好城市关系。"西安、巴库和苏姆盖特 3 个城市联系非常密切，相信未来会有更多阿塞拜疆人到西安旅游，也会有更多来自西安的朋友去巴库和苏姆盖特。"

谈起中国游客赴阿塞拜疆旅游的便利，杰纳利介绍，阿塞拜疆和中国之间已经开通了两条直飞航线，从北京到巴库航程约 6 个小时，从乌鲁木齐到巴库仅需 4 个小时，目前正在计划开通两条新的直飞航线。此外，阿塞拜疆对中国公民开放了落地签，也有电子签证系统，中国游客可以轻松地在网上申请签证。"2018 年阿塞拜疆接待了近 3 万中国游客，未来欢迎更多中国游客到阿塞拜疆享受美味佳肴、游览名胜古迹。"杰纳利表示。

"我们的商品在中国销路不错"

人文交流合作不断促进中阿两国民心相通，经贸合作也日益拉紧两国利益纽带。"中国茶、食品、高科技产品、家具、纺织品在阿塞拜疆很受欢迎。"杰纳利高兴地表示，阿塞拜疆红酒、果汁、果酱也在中国市场销路不错。目前阿塞拜疆红酒屋已经在乌鲁木齐、上海落户，未来希望进入北京、成都等更多中国城市。

随着中阿共建"一带一路"的顺利推进，双方商品流通将更加顺畅。杰纳利表示，虽然阿塞拜疆是内陆国家，但得益于跨里海国际运输通道的建设，阿塞拜疆正在成为连接欧亚大陆的能源、交通、物流枢纽。"一带一路"倡议与阿塞拜疆国家发展战略高度契合，阿塞拜疆跨里海国际运输通道建设与"一带一路"倡议对接已产生明显效果。

杰纳利举例说，2019 年 7 月，从西安始发的中欧班列"长安号"仅用 17 天就顺利抵达巴库，这趟班列抵达巴库所用时间比海路快了近 20 天，这为中国和欧洲之间的货物运输提供了更便捷的通道。"阿塞拜疆从一开始就非常支持'一带一路'倡议，我们也准备好了与中国共同努力完成目标，助力共建国家实现共赢、共同繁荣。"

（文/毛莉 戴尚昀 原载于《人民日报海外版》
2020 年 1 月 31 日第 8 版）

阿中关系迎来进一步发展的新机遇

值此新春佳节之际，我要向中国朋友致以诚挚的问候和祝贺，祝福大家度过一个幸福、繁荣、和谐的新年。阿塞拜疆和中国是友好的合作伙伴，我相信新的一年将会为两国关系进一步发展带来新的机遇。

阿塞拜疆高度重视与中国的关系，一直致力于拓展和深化两国在各个领域的合作。我们将两国关系定位为建立在友谊和互信基础上的伙伴关系，阿中关系迸发出高速增长的活力。

我很高兴也很自豪地告诉大家，2019年双边高层互访频繁，是阿中关系收获极大的一年。阿塞拜疆总统伊利哈姆·阿利耶夫赴北京参加第二届"一带一路"国际合作高峰论坛。习近平主席和阿利耶夫总统之间基于相互尊重与信任的政治对话，为扩大两国在经济、人文等诸多领域的合作创造了有利条件，是2019年两国主要的政治亮点。

在经贸领域，2019年阿塞拜疆副总理沙辛·穆斯塔法耶夫率高级别代表团参加第二届中国国际进口博览会，取得丰硕成果。这助力两国经贸合作的发展，也为更多阿塞拜疆产品进入中国市场创造了新机遇。

政治、经济层面之外，2019年两国人文交往也十分活跃。我们在中国举办了各种活动，介绍阿塞拜疆的历史文化，为两国人民架起沟通桥梁，拉近了两国人民的距离。阿塞拜疆积极参加亚洲文明对话大会、2019年中国北京世界园艺博览会……这些都是2019年阿中两国人文交往领域的标志性事件。

阿中双边关系的积极与全面发展，无法在这篇短短的新年致辞中一一呈现。但是我相信，上述重要事件证明了阿中关系的强大、紧密、深远和友好。最后，我想再次对中国朋友送上新春祝福，我坚信阿中伙伴关系将会不断加深，为双边关系在2020年达到新的高度铺平道路。

（文/阿塞拜疆驻华大使阿克拉姆·杰纳利　原载于《人民日报海外版》2020年1月31日第8版）

中阿两国瓷器有啥不同

在拜访阿塞拜疆驻华大使馆之前，"我在中国当大使"栏目组关于阿塞拜疆只有"古丝绸之路重要节点"的模糊印象。而当我们真正进入使馆后，会客厅里随处可见的各式瓷器、中式博古架、中式矮几……让我们对古丝绸之路连接的中阿文化交流有了更具象的认知。

虽然我们迄今走访的40余国驻华使馆总少不了中国瓷器的装饰元素，但阿塞拜疆驻华大使馆的中国瓷器独树一帜。一走进使馆会客厅，依墙而立的2米多高红底金纹瓷瓶格外"吸睛"，使馆工作人员笑称这两个巨型瓷瓶是使馆的"镇馆之宝"。"宝贝"瓷器在使馆还有不少：中式博古架上的靛蓝底牡丹花瓷瓶华贵典雅，在矮几上摆放的荷叶盖瓷罐清新脱俗，放置于中式储物柜上的侍女山水图瓷器恬淡雅致，以青瓷为座的台灯意趣盎然……

在对使馆瓷器的探索和发现中，与中国瓷器相映成趣的阿塞拜疆瓷器引起我们的浓厚兴趣。为了向我们解释阿塞拜疆瓷器与中国瓷器的异同，阿塞拜疆驻华大使杰纳利特意领着我们走进使馆的会议室。悬挂于墙的两个磁盘花纹细腻、色彩饱满，是阿塞拜疆瓷器的典型风格。杰纳利大使说，阿塞拜疆瓷器最大的特色是佩斯利花纹无处不在。

状如泪滴、形似火焰，用圆点和曲线勾勒的华美佩斯利花纹，极具古典主义气息。这种带有神秘色彩的古老花纹，被赋予了吉祥、美好、和谐、绵延不断的寓意，在阿塞拜疆广受欢迎。杰纳利大使说，佩斯利花纹瓷器，正是中国文化和阿塞拜疆文化碰撞融合的结晶。

无论是大使亲自担当"讲解员"，还是各具特色的瓷器，都被我们一一收录进镜头。在采访当天，我们就发布了30秒Vlog《来找茬！阿塞拜疆瓷器和中国瓷器有啥不同？》。视频推出后，有网友提问："阿塞拜疆陶瓷工艺是从中国传过去的吗？"有网友赞叹："中国和阿塞拜疆瓷器都好漂亮！"在这样的互动中，我们力图让受众犹如身临其境一般感受到中阿文化对话的精彩。

（文/毛莉　戴尚昀　原载于《人民日报海外版》
2020年1月31日第8版）

里海之滨　火之国度

阿塞拜疆位于外高加索东南部，北靠俄罗斯，西部和西北部与亚美尼亚、格鲁吉亚相邻，南接伊朗，东濒里海。阿塞拜疆国土面积 8.66 万平方公里、人口超过 1000 万，是南高加索地区最大的国家，也是一个因"火"而闻名于世的国度。

在阿塞拜疆，有历史悠久的拜火教神庙。距离阿塞拜疆首都巴库 30 公里，有一个叫作苏拉汉内的村庄，古丝绸之路兴盛时，古印度拜火教教徒途经此地，将地表的天然喷火现象视为神迹，就地建造庙宇膜拜。虽然神庙在岁月冲刷中早已褪去宗教的神秘色彩，但作为拜火教的博物馆依然吸引着世界各地的游客。

阿塞拜疆蕴藏着丰富的石油天然气，被誉为装满里海盆地和中亚财富"大瓶"的"瓶塞"，其石油探明储量约 22 亿吨，天然气储量约 2.6 万亿立方米。阿塞拜疆石油工业历经百余年沧桑，巴库的石油早在 19 世纪就已大规模开采。时至今天，油气工业仍是阿塞拜疆的支柱产业，不过 2014 年以来阿塞拜疆开始走经济多元化发展道路，以农业、交通、旅游业为突

巴库火焰塔　劳埃德·阿洛齐 / 摄

破口，大力促进非石油经济发展。

　　在阿塞拜疆，有蔚为壮观的泥火山群。世界上拥有泥火山的地方屈指可数，但在阿塞拜疆全境就有泥火山约 400 座，占全世界数量的一半。有人说阿塞拜疆的泥火山地貌像极了火星，也有人说阿塞拜疆泥火山与月球景观极为相似，因为太阳从漂白的黏土上会反射出白光。

象征神圣与资源的火元素，在阿塞拜疆随处可见。阿塞拜疆国徽正中的图案，犹如一团熊熊燃烧的火焰。而巴库新建的地标性建筑群"火焰塔"，设计灵感也同样源于火焰。每当夜幕降临，灯光璀璨的"火焰塔"犹如三缕火焰，在巴库蜿蜒升腾。

（文／陈洋　原载于《人民日报海外版》2020 年 1 月 31 日第 8 版）

科摩罗

Comoros

"《山海情》鼓舞科摩罗青年"
——访科摩罗驻华大使毛拉纳·谢里夫

科摩罗驻华大使毛拉纳·谢里夫近照　季星兆／摄

"7月6日我们刚刚庆祝了科摩罗独立47周年。1975年中国第一个承认科摩罗独立并同我国建交，科摩罗人民对此满怀感激。"科摩罗驻华大使毛拉纳·谢里夫日前接受采访时表示，47年来，中国向科摩罗一直提供着重要的支持。

毛拉纳说，在科摩罗提起中国，人们首先想到的就是真诚的朋友和可靠的兄弟。谈起科摩罗人对中国的特殊亲近感，他反复提到三个关键词：青蒿素、《山海情》、海南芒果。

"中国给予科摩罗的友谊和支持是无条件的"

疟疾，曾让科摩罗人闻之色变。中国科学家首先发现并成功提取青蒿素，为科摩罗人摆脱疟疾噩梦点亮了希望。"多亏了青蒿素，科摩罗有望在2025年成为成功清除疟疾的非洲国家之一。"毛拉纳说。

2007年起，广州中医药大学等机构的专家在科摩罗开展"复方青蒿素快速清除疟疾项目"，通过全民同期服用青蒿素复方药消灭人群体内疟原虫。经过不懈努力，科摩罗实现了疟疾零死亡、发病人数下降90%以上的奇迹。中国医务工作者的帮助，科摩罗人牢牢记在心里。科摩罗的"总统奖章"授予了广州中医药大学的专家。

对很多科摩罗人来说，中国医生如同家人般亲近。这份情谊，来自近30年岁月的沉淀。1994年起，一批批中国医疗队接力，为科摩罗人送去健康。"当科摩罗患者有需要时,中国医生总是在场。为了更好地和患者交流,他们还努力学科摩罗语。中国医生和科摩罗医生的合作也十分紧密。每批中国援科医疗队都受到高度赞誉。"毛拉纳说,"中国给予科摩罗的友谊和支持是无条件的。"

"中国影视剧在科摩罗向来有人气"

在毛拉纳的讲述中,中国电视剧《山海情》是连接中科两国的又一个关键词。2021年底至2022年初,《山海情》法文版在科摩罗播出。这部在中国大火的电视剧,在科摩罗也"圈粉"了。

"中国影视剧在科摩罗向来有人气。几乎所有科摩罗人都看过中国功夫电影。我很喜欢《战狼》,反复看了好几遍。"毛拉纳笑言。"战狼"二字的汉语,他念得字正腔圆。不同于功夫片的《山海情》,为科摩罗人打开了解中国的一扇新窗口。"从土里长出来"的人物可亲可爱、"干沙滩变金沙滩"的故事震撼人心,毛拉纳从《山海情》里看到了中国打赢脱贫攻坚战的生动缩影。他说:"《山海情》鼓舞科摩罗青年与贫困作斗争,带来很多启发。"

"绿水青山就是金山银山""人民至上"……对这些在中国深入人心的金句,毛拉纳很熟悉。"中国这十年的成就举世瞩目,包括科摩罗在内的非洲国家十分关注。"毛拉纳说,"相信中国会取得更大成就,为推动南南合作、世界和平发展作出更大贡献。"

"对非合作'九项工程'十分契合当前科摩罗的发展需求"

海南芒果,是毛拉纳口中拉近两国人民距离的第三个关键词。毛拉纳说,1988年11月,科摩罗总统开启首次访华之旅,时任总统阿卜杜拉对海南进行了友好访问。海南的气候、植被跟科摩罗非常相似，尤其海南芒果让阿卜杜拉想起了家乡的味道。"因为这段往事，我盼望促成科摩罗相关地区和海南的城市建立友好城市关系。"毛拉纳说。

不断深化两国务实合作是毛拉纳的愿望。47年来，两国合作已交出亮眼"成绩单"：科摩罗的尼乌马克莱供水工程、人民宫、政府办公楼、总统官邸、广播电视大楼、机场等重大基建项目，无不凝结着中国建设者的汗水；2013年，中国数字电视在科试点项目取得突破，科摩罗成为首个采用中国数字电视标准的非洲国家；中国援科海底光缆优惠贷款项目大幅提升科摩罗电信网络规模和传输能力……"我想借此机会向中国为科摩罗提供的多方面支持表示感谢，两国合作成果体现在科摩罗经济社会发展的方方面面。"毛拉纳说。

毛拉纳表示，2021年中非合作论坛达喀尔会议上，中国宣布的对非合作"九项工程"为深化两国关系带来了新机遇。他十分看重"九项工程"中的投资驱动工程，中国将为非洲援助实施10个工业化和就业促进项目，向非洲金融机构提供100亿美元授信额度，重点扶持非洲中小企业发展……每一项，对科摩罗都是机遇。"中国在国际合作中尊重各国的特殊性和愿望。"毛拉纳说，"对非合作'九项工程'十分契合当前科摩罗的发展需求。"

（文／毛莉　何洌　原载于《人民日报海外版》2022
年8月8日第8版）

期待更多中企来科摩罗投资兴业

科摩罗是发展中国家，目前正在推进"2030 新兴国家"战略，目标是2030 年发展成一个活力十足的新兴市场国家。"2030 新兴国家"战略主要涉及潜力巨大的领域，包括旅游业、手工业、农业、工业、金融业等。

"2030 新兴国家"战略充分考虑与若干国际发展议程衔接，如联合国2030 年可持续发展议程、非盟《2063 年议程》、《中非合作 2035 年愿景》。2021 年中非合作论坛达喀尔会议通过的《中非合作 2035 年愿景》对非洲意义重大。作为愿景首个三年规划，中方宣布了对非合作"九项工程"，我们对此表示欢迎。科摩罗期盼在推进"2030 新兴国家"战略中得到中国更多支持，期待更多中企来科摩罗投资兴业。

科中合作持久稳定，两国关系发展建立在友好、平等、团结和互利基础上。我谨代表科摩罗感谢中国在基建、教育、卫生等各领域对科提供的大力支持。例如，中国企业促进科摩罗私营经济发展，帮助科摩罗工人掌握技术。中国派遣医疗队驰援科摩罗抗击新冠疫情，并提供新冠疫苗无偿援助，我想对此表达特别的谢意。

尤为值得一提的是，中方关于"愿推动中非合作'九项工程'在科落地，对接科方'2030 新兴国家'战略"的表态，获得科摩罗政府和人民的热烈反响。中方表示欢迎科方用好非洲农产品输华"绿色通道"和最不发达国家产品输华零关税政策，推动更多科优质产品进入中国市场，这让科摩罗工商界倍感振奋。

科摩罗自然资源丰富，发展潜力大。以"2030 新兴国家"战略列出的工业领域为例，科摩罗致力于提升加工业份额，以释放创造附加值和就业机会的强大潜力。科摩罗工业化进程既涉及石油、矿产资源开采，也包括农产品加工，例如依兰精油提取、香水制造、海产品加工等。科摩罗已准备好迎接包括中国投资者在内的所有投资者。

（文 / 科摩罗驻华大使毛拉纳·谢里夫　原载于《人民日报海外版》2022 年 8 月 8 日第 8 版）

大使晒出香料"三宝"

一走进科摩罗驻华大使馆会客厅，一个精心布置的"展台"吸引了"我在中国当大使"栏目组的目光。白色衬布上一把以科摩罗国旗为扇面的纸扇摆放中央，上有英文字样："欢迎来到'香料之岛'科摩罗"。纸扇两旁各有一个白底蓝花的方形瓷盘，分别装着我们叫不出名字的物品。

科摩罗驻华大使毛拉纳·谢里夫当起"解说员"。他首先拿起左侧瓷盘里的黑褐色长条物说"你们闻闻"。一股熟悉的香甜味扑面而来，没想到，这种形似枯木的香料原来是香草。香草名为"草"，实为"豆荚"，是一种兰科植物的果实。实际上新鲜的香草豆荚本身没有香味，需要用特制的烤炉烘干，经过杀青、陈化和发酵等繁复工序，才能最终得到香气馥郁的"香草荚"。

毛拉纳大使又端起右侧的瓷盘，抓起一把细碎的香料邀请我们"浅尝"。作为香料的丁香是晒干的花蕾，细细的花茎顶着小球状花蕾，酷似一枚枚小钉子。拈一粒入口，起初是薄荷的清凉，细细咀嚼后，辛辣味儿就窜了出来，虽不浓烈，却余味悠长。

毛拉纳大使一一介绍起科摩罗香料的独特之处，现场无实物的依兰也没落下。大使特意掏出手机向我们展示依兰花的照片，又长又窄的黄花瓣有里外两层，瓣瓣向下低垂。跟香草、丁香一样，从依兰花中提取的精油也是国际香料市场上的抢手货。依兰精油特别受香水行业垂青，成为科摩罗外汇收入的主要来源之一。

毛拉纳大使现场向我们学起了依兰等香料的汉语发音。大使说，2021年中非合作论坛达喀尔会议上，中国宣布将为非洲国家农产品输华建立"绿色通道"，进一步扩大非洲输华零关税待遇产品范围。"我们不仅希望扩大科摩罗香料对华出口，也欢迎中国企业到科摩罗投资香料加工业。"大使说。

为科摩罗香料"带完货"，大使还拿起"香料之岛"的纸扇为海岛游打起了"广告"。他依次介绍纸扇上不同颜色分别代表的科摩罗4座岛屿，并发出热情邀请："科摩罗有非常美丽的海滩，欢迎中国游客来走一走、看一看。"

（文 / 吴正丹　原载于《人民日报海外版》2022 年 8 月 8 日第 8 版）

去昂儒昂岛看鱼类"活化石"

美不胜收的海岛景致是科摩罗人引以为傲的宝藏。组成科摩罗的大科摩罗、昂儒昂、莫埃利、马约特4座岛屿宛如天女撒下的几片花瓣飘落在印度洋上，清澈的海水、瑰丽的珊瑚、神秘的火山、茂密的丛林勾勒出科摩罗动人的模样。

4座岛屿中，大科摩罗面积最大，岛上有海拔超过2000米的卡尔塔拉火山。目前的山体是19世纪火山爆发后留下的遗迹，山峰好似昂首望天的雄狮，张着直径2公里的圆形大口。当年卡尔塔拉火山喷发时曾摧毁数座城镇，同时也在其中一处火山口留下了神秘盐湖。如今，盐湖成为游览科摩罗的必打卡景点。

人口最稠密的昂儒昂岛被誉为"印度洋明珠"，当地绵长的黄金海岸已得到开发，岛上的五星级酒店广迎八方来客。面积最小的莫埃利岛人烟稀少，岛上覆盖着大片原始森林，海滩因人迹罕至而幽静恬淡。这里有当地最大的海岸公园，可领略原生态海景，近距离接触海豚、海龟、座头鲸等海洋生物。

大科摩罗岛（图片来源于科摩罗国家旅游局）

　　若说科摩罗最独特的海洋生物，还要数"活化石"矛尾鱼。历史上很长一段时间，古生物学家认为矛尾鱼所属种类在白垩纪便灭绝了，直到1938年，一位名叫拉蒂迈的研究者在南非渔港收购鱼类标本时，发现了一条与众不同的"怪鱼"：它身披圆鳞，牙齿锐利，胸鳍和腹鳍好像带着短柄的船桨，类似于陆生动物的四肢。这就是矛尾鱼，也被称作"拉蒂迈鱼"。科学家们认为，矛尾鱼的形态在几亿年里没有发生大的改变，为研究生物进化提供了非常重要的证据和信息。10余年后，人们从科摩罗昂儒昂岛附近再次捕获矛尾鱼。

　　嗅一嗅醉人的花香，踩一踩细腻的沙滩，戏一戏清澈的海水……美丽的科摩罗值得人们远道而往。

　　　　（文／吴正丹　原载于《人民日报海外版》2022年
　　　　　8月8日第8版）

刚果（布）

Congo (Brazzaville)

"我国人民对中国医疗队评价很高"

——访刚果（布）驻华大使雅克·尼昂加

刚果（布）驻华大使雅克·尼昂加　陆宁远／摄

"我对中国这片土地很熟悉。"刚果（布）驻华大使雅克·尼昂加日前接受采访时表示。尼昂加去年8月抵华就任刚果（布）驻华大使，但这并不是他第一次来中国，曾在刚果（布）驻华大使馆担任参赞的经历令他难忘。他说："中国地大物博，我去过广东、海南、河南等地，到访这些中国省份是非常美妙的经历。"

"中国的活力肉眼可见"

谈起在华见闻，雅克·尼昂加表示，他印象最深的是"中国养活人民的能力"。2022年，中国全国粮食总产量达13731亿斤，连续8年稳定在1.3万亿斤以上，中国人把饭碗牢牢端在自己手中。尼昂加表示，刚果（布）每年要花费数亿美元进口粮食，发展机械化农业的需求更加迫切。"我们希望借鉴中国经验，寻找粮食自给自足的办法。"

如今，中国人不仅"吃得饱"，还"吃得好"，中国老百姓越过越红火的日子让尼昂加感触颇深。"中国是一个善于紧紧把握发展机遇的国家，中国的活力肉眼可见。"尼昂加说，"我们应当从中国的发展中获得启发，中国道路激励很多国家为发展而努力。"

中国式现代化已成为国际社会热议的高频词，尼昂加认为，中国式现代化理论的提出，意义重大。现代化没有固定模式，各国实现现代化必须考虑各自的文化因素，发展道路必须与各国国情相适应。"过去，西方殖民者将西方民主体制强加给非洲，却没有考虑非洲的实际情况与文化因素，这就是西方民主在非洲遭遇如此多问题的原因。我们也应该有刚果（布）式现代化。"

"看到了中国的仁心"

尼昂加是中国发展的见证者，也是两国友谊深化的亲历者。2013 年 3 月，习近平主席对刚果（布）进行国事访问，这是两国 1964 年建交以来中国国家主席首次到访，整个刚果（布）沉浸在盛大节日般的欢庆中。"作为刚果（布）时任外交部亚洲司司长，我就在现场。习近平就任中国国家主席后首次出访的 3 个非洲国家里有刚果（布），是我们的殊荣，彰显了深厚的刚中友谊。"尼昂加说。

时隔 10 年，尼昂加对习近平主席那次到访的一幕幕仍记忆犹新。访问期间，习近平主席同刚果（布）总统萨苏在刚果（布）首都布拉柴维尔出席中刚友好医院竣工剪彩仪式。现场鼓乐齐鸣，欢歌快舞。当地人民的喜悦不难理解，中刚友好医院是布拉柴维尔姆菲鲁区首家综合性医院，这里过去只有一个小诊所，缺医少药。如今，这所医院已成为刚果（布）最受欢迎的医院之一。"中刚友好医院极大改善了布拉柴维尔的医疗服务水平。这是一家现代化医院，提供了人们可负担的医疗服务，积累了与中国合作的经验。这是刚中卫生健康领域合作的一个典范。"尼昂加说。

中国不仅为刚果（布）援建医院，更持之以恒向刚果（布）派遣医疗队。从 1967 年至今，中国向刚果（布）共派遣医疗队 29 批、医疗队员 934 人，为近 500 万人提供了诊治服务，开展了近 15 万次手术。尼昂加说："我国人民对中国医疗队评价很高，我对中国医生开展的白内障复明义诊手术印象很深。我想借此机会向中方表示衷心感谢，我们高度赞赏中国医疗队的奉献精神。"尼昂加同样无法忘记，在抗击新冠疫情的关键时刻，中国及时向刚果（布）伸出援手。他说，面对疫情，一些发达国家只顾着"关门自保"，而中国是第一个挂念非洲的国家，向非洲提供各类抗疫物资和新冠疫苗。"经历这场疫情，我们看到了中国的仁心，这与一些国家形成鲜明对比，深深触动了我。"

"真心实意帮助非洲"

中国为刚果（布）千家万户送去健康，也为刚经济社会发展带去机遇。在刚果（布）第三大城市多利吉，有一座"劈山者"雕像，那是当地人民为向刚果（布）国家一号公路的中国建设者表达尊敬和感谢而立。这条全线长 500 多公里的公路修了 8 年，一路穿越令人望而生畏的马永贝原始森林、草原、沼泽地，将布拉柴维尔与经济中心黑角连接起来，圆了刚果（布）几代人的梦想。

尼昂加表示，国家一号公路弥补了刚果（布）铁路老旧、亟须整修的短板，打通了从布拉柴维尔到黑角的交通大动脉。过去通往黑角的铁路运力严重不足，而黑角运输业的发展又是很多人赖以生存的基础。国家一号公路极大改善了黑角的交通，如今人们频繁使用这条公路。"国家一号公路为刚果（布）的经济社会发展开辟了广阔前景。"尼昂加说。

中刚合作的成果遍布刚果（布），从布拉柴维尔商务中心"双子塔"到新议会大厦，从英布鲁水电站到有"金太阳"之称的布拉柴维尔体育场，从佳柔油田到黑角经济特区……"这些项目改变了刚果（布）的国家面貌，同中国合作为刚果（布）带来革命性变化。近年来刚果（布）发生的变化主要得益于刚中合作，尤其是共建'一带一路'非常重要。"尼昂加表示，当今世界多边主义遭受冲击，中国提出的理念、倡议尤为可贵，表明中国真心实意帮助非洲、刚果（布）发展进步。让更多人理解认同这些理念、倡议，不仅是中国的使命，也是包括刚果（布）在内的非洲国家的责任。

（文/何泂　原载于《人民日报海外版》2023 年 6 月 12 日第 8 版）

感受使馆里的"中文热"

　　刚果（布）驻华大使馆里，一群非洲孩子走出一个房间，在门口嬉戏玩闹。这个房间看起来像一间教室，白板上写着法语和中文……这是"我在中国当大使"栏目组看到的场景。令我们感到惊喜的是，孩子们纷纷主动用中文向我们问好："你好！""欢迎！"中文发音非常地道。

　　"大使馆里说中文的氛围为何如此浓厚？在刚果（布）学中文很流行吗？"在采访中，我们问刚果（布）驻华大使雅克·尼昂加。大使说："这些孩子学中文是自然而然的，并不令人惊讶。刚中两国关系长期友好，双方人文交流密切。不少刚果（布）留学生在北京学中文，我的同事中就有许多人曾在中国留学。"

　　谈起刚果（布）的"中文热"，尼昂加大使特别提到了刚果（布）恩古瓦比大学孔子学院。2012 年，由济南大学和恩古瓦比大学合作成立的孔子学院揭牌成立。多年来，恩古瓦比大学孔子学院开展中文教学和文化交流活动。2019 年，恩大孔院在黑角开设分院，进一步扩大了两国人文交流平台。如今，中文教学已覆盖刚果（布）幼儿园、小学、中学、大学等各阶段，刚果（布）的中文学习者已有上万人。

刚果（布）的中文教育者、学习者日前相聚一堂，共同举办2023年"国际中文日"的庆祝活动。来自恩大孔院等机构的师生献上精彩节目。《听我说谢谢你》《我的歌声里》《明天会更好》《虫儿飞》《我们不一样》《感恩的心》等中文歌曲旋律悠扬，武术表演《鹤舞九天咏春拳》博得阵阵喝彩，刚果（布）本土中文教师还畅谈学中文感想。

尼昂加大使高兴地表示，"中文热"在刚果（布）不断升温，中国人对刚果（布）的了解也在加深。"未来你去广州时，也许还能找到说刚果（布）语言林加拉语的中国人，这会非常有趣。刚中两国之间的民心相通非常重要，这是刚中友谊不断加深的例证。"尼昂加大使说。

（文／何泂　原载于《人民日报海外版》2023年6月12日第8版）

我在中国当大使

两所学校见证中刚友谊

在刚果（布）首都布拉柴维尔的恩古瓦比大学内，矗立着一座极具现代感的建筑。这是由中国援建的刚果（布）恩古瓦比大学图书馆。2013年3月30日，习近平主席同刚果（布）总统萨苏共同出席该图书馆启用和中国馆揭牌仪式。

恩古瓦比大学图书馆总建筑面积6042平方米，共分4层，包含图书阅览区、展示厅、学术报告厅、办公室及配套用房等，馆藏容量约10万册图书。10年来，恩古瓦比大学图书馆不仅为当地师生提供了良好学习环境，图书馆设立的中国馆也成为刚果（布）中文学习爱好者查找中文资料和接受中文培训的主要场所。

恩古瓦比大学图书馆和中国馆为刚果（布）打开了一扇"感知中国"的大门；而在万里之外的中国青海省玉树藏族自治州称多县，中刚友谊小学的学生们也对刚果（布）有一份特殊亲近感。这所小学原本是称多县一所孤儿学校，名为文乐小学。2010年4月，青海玉树发生强烈地震，文乐小学受损严重。那一年，到上海出席世博会的萨苏总统向中方表示，希望在玉树灾区捐建一所小学。刚果（布）政府捐资，支持文乐小学校舍重建。2012 年 7 月 22 日，校舍重建项目迎来竣工仪式，挂上"中刚友谊小学"的牌匾。

中刚友谊小学占地 42625 平方米，拥有现代化的教学楼、综合实验楼、食堂、学生和教工宿舍、标准篮球场和塑胶跑道运动场。孩子们能在宽敞的新校舍安静读书学习，在运动场上奔跑欢笑。孩子们手书了一封封饱含感恩之情的信，表达对刚果（布）政府和人民的感谢。一个孩子这样写道："让中刚友谊代代相传，祝愿你们的国家繁荣强大。"

从青藏高原到刚果盆地，从中刚友谊小学到恩古瓦比大学图书馆，跨越赤道的中刚友谊还在不断续写。

（文 / 陆宁远　原载于《人民日报海外版》2023 年6 月 12 日第 8 版）

逛国家公园　看动物世界

　　刚果（布）位于非洲中西部，赤道横贯中部，海岸线长 150 余公里。南部属热带草原气候，中部、北部为热带雨林气候。在茂密的热带雨林中来一场探险未知之旅，在一望无垠的草原上与大自然亲密接触，在海边近观潮起潮落……对热爱生态旅游的游客来说，刚果（布）各有特色的国家公园不可错过。

　　奥扎拉国家公园是非洲最古老的国家公园之一，被誉为刚果（布）的一张名片。园中拥有茂密热带雨林、广袤湿地、众多河流和湖泊。园内多样的生态环境，为野生动物提供了天然生存家园，猩猩、猎豹、鳄鱼等多种动物栖息于此。探险爱好者可以参加公园官方提供的旅游团，深入探索奥扎拉国家公园，观看野生动物的栖息活动，享受独特的野外体验。

　　位于刚果（布）北部的努阿巴莱·恩多伊国家公园，是为数不多的未受人类破坏的完整生态系统。努阿巴莱·恩多伊国家公园与喀麦隆洛贝基国家公园、中非藏加国家公园共同组成桑加国家公园，2012 年被列入世界自然遗产名录。桑加国家公园共占地 75 万公顷，公园内人迹罕至，完

刚果（布）楚鲁自然保护区景色［刚果（布）驻华大使馆供图］

整地保存了热带湿润气候下的生态系统及生物种类，尼罗鳄、老虎鱼、水羚、黑猩猩、林象等在此繁衍生息。联合国教科文组织报告称，该地区环境利于生态保护和物种进化，并对保护濒危物种有重要意义。同时，该地自然资源对刚果盆地的水文调节起着不可或缺的重要作用。此外，努阿巴莱·恩多伊国家公园对刚果（布）经济社会发展也有积极影响。

孔夸提国家公园位于刚果（布）西部沿海，不仅有森林、草原、湿地，还有美丽的海岸线。西非海牛、座头鲸、海豚、棱皮龟等是这个"半海洋

公园"的特色。漫步在孔夸提国家公园的海滩上，可感受沙粒在脚趾间流动，享受海浪带来的清凉。若是乘船出海，能看到海龟在水中觅食；如果赶上鲸鱼迁徙的季节，还可近距离观看这庞大的海洋巨兽。

或是在雨林中深入探险，或是在草原上静观日月星辰的变化，或是到海岸吹吹大西洋的海风，游客可以在刚果（布）尽享亲近自然的惬意，领略生态之美。

（文／陆宁远　原载于《人民日报海外版》2023年6月12日第8版）

刚果（金）

Congo (Kinshasa)

"我的梦想是走遍中国"
——访刚果（金）驻华大使巴卢穆埃内

刚果（金）驻华大使巴卢穆埃内近照　陆宁远／摄

"我想去上海待一个星期，走访那里的商业和金融业。我还想去广州，那里有很多刚果（金）人做生意。农业大省我也要去，了解中国先进的农业技术。中国是汽车生产大国，所以我还打算走访汽车制造大省……我的梦想是走遍中国。"刚果（金）驻华大使巴卢穆埃内日前接受人民日报海外网采访时列出一长串愿望清单。他说，深入了解中国发展，将中国经验带回刚果（金），是他作为大使的一项重要工作。

"动态清零"是对人民负责

今年 2 月，巴卢穆埃内抵华履新。2008 年他曾首次到访中国。谈起中国的变化，巴卢穆埃内连称"钦佩"。从上海乘坐高铁前往北京的旅途见闻让他印象深刻，"沿途几乎没有荒地，所见都是繁华城市、大型工厂、高楼，公路铁路、电力设施无处不在，这是发展的标志。"

巴卢穆埃内赞叹的京沪高铁背后，是中国由交通大国迈向交通强国的历史性跨越。从 2012 年到 2021 年底，中国铁路、公路增加里程约 110 万公里，相当于绕行地球赤道 27 圈半，高速铁路、高速公路对 20 万以上人口城市的覆盖率均超过 95%。"中国基础设施发展速度十分惊人，中国人民付出的努力令人赞赏，值得成为其他国家和地区的榜样。"巴卢穆埃内说。

巴卢穆埃内十分看好中国经济前景，他说，强大的生产能力是中国经济韧性强的重要体现。中国能生产各种门类、各种等级的产品，并销往世界各地。中国经济在世界经济中举足轻重。当前，中国更是带动世界经济复苏的重要引擎。

巴卢穆埃内认为，中国坚持统筹疫情防控和经济发展是正确选择。"根据中国防疫规定，我按时进行核酸检测。"巴卢穆埃内说，"动态清零"是对人民负责任的防疫政策，成效有目共睹。"动态清零"能在短时间内最大限度消除疫情对经济社会发展的不利影响，而不是一直因"带疫"而影响发展。近段时间以来，中国的制造业企业复工复产步伐明显加快，对重振世界经济是积极信号。

对深化对华合作充满期待

中国稳定发展，惠及包括刚果（金）在内的广大非洲国家。巴卢穆埃内对此感受深切："刚果（金）对于通过深化对华合作来促进自身发展抱有很大期待。"

在刚果（金）首都金沙萨的街头，经常会看到中刚合作的标志性建筑。其中，中国援建的中刚友谊医院是当地最有代表性的医疗设施之一。"这座医院位于一个人口密集的大型街区内，为刚果（金）人民提供了大量医疗服务。"巴卢穆埃内说，"多年来，中国对刚果（金）医疗卫生事业发展作出了实实在在的巨大贡献。从抗击埃博拉疫情到抗击新冠疫情，中国向刚果（金）提供了支持和帮助，赢得所有刚果（金）人的赞誉。"

刚果（金）有"地质奇迹"之称，矿产资源丰富。在中国大量投资开发的带动下，刚果（金）丰富的资源优势源源不断转化为发展优势。根据刚果（金）智库"刚果挑战"发布的一份报告，中刚矿业合作为刚发展经济、创造就业、提振民生发挥了关键作用。巴卢穆埃内表示，中国是刚果（金）矿业领域的最大投资者，两国在矿业领域的合作对释放刚果（金）的发展潜力至关重要。谈起一些西方媒体对两国矿业合作的抹黑攻击，巴卢穆埃内说："一些西方国家曾长期占据非洲大陆，但他们给非洲人民留下了什么？现在他们抹黑非中合作完全是出于嫉妒，毫无事实依据。我们不必为此浪费时间，更要共同努力、携手前行。"

巴卢穆埃内认为，"一带一路"倡议为刚中拓宽合作领域提供了大好机遇。他介绍，刚果（金）国土面积位居非洲第二，森林资源、可耕地面积、水资源均居世界前列。刚果河是世界第二大河，流量仅次于亚马孙河。"刚果（金）有成为非洲大陆经济发展'火车头'的潜力，这个目标很大程度上要通过同中国合作来实现。"巴卢穆埃内表示，刚果（金）高度重视"一带一路"框架下项目的落地，希望为刚果（金）人民带来福祉。中国的行为已经表明，中国正在帮助非洲实现工业化、实现经济社会发展。非洲需要在对华合作中找到通往繁荣之路的大门。

"中国基建堪称世界一流"

巴卢穆埃内从中国看到了发展机遇，也看到了发展经验。"中国道路激励了很多发展中国家，中国的案例对我们充满吸引力。"巴卢穆埃内说，"我来中国的使命就是要多看多学，借鉴中国发展经验以造福我国人民。"

今年将召开的中国共产党第二十次全国代表大会，是国际社会进一步读懂中国的重要窗口。"作为刚果（金）人和非洲人，我们也对中共二十大充满期待。"巴卢穆埃内认为，中共二十大将为中国全面建设社会主义现代化国家提供强劲动力，进一步提升中国的国际影响力。

巴卢穆埃内对中国如何走好农业农村现代化之路有浓厚兴趣。短短几十年间，中国实现了从"吃不饱"到成为世界第一大粮食生产国的转变。"我正在阅读相关资料，研究中国的农业发展历程，这方面我国也应该向中国学习。"他说，农业是刚中合作的优先方向，刚果（金）也希望像中国一样发展为粮食生产大国，并实现农产品出口创汇的目标。

　　构建现代化基础设施体系，也是巴卢穆埃内了解中国的重要观察点。港珠澳大桥创下多项世界之最，白鹤滩水电站是当今世界在建规模最大、技术难度最高的水电工程，移动网络实现 3G 突破、4G 同步、5G 引领的跨越……一项项成就，让世界见证中国加速迈向基建强国的步伐。"中国基建堪称世界一流。"巴卢穆埃内表示，刚果（金）在基建方面有很大缺口，目前刚果（金）启动了很多大型基建项目。无论修建公路、机场还是港口，都需要借鉴中国经验，以推动刚果（金）经济的多元化发展。

　　　　（文/毛莉　吴正丹　原载于《人民日报海外版》
　　　　　　　　　　2022 年 7 月 25 日第 8 版）

刚果（金）重建离不开中国

今年 11 月，刚果（金）与中国将迎来两国外交关系正常化 50 周年。50 年来，两国关系历久弥坚、行稳致远。

2021 年，两国领导人通电话，达成一系列重要共识，为刚中关系健康稳定发展发挥了强大政治引领作用。两国在涉及彼此核心利益问题上相互支持，在重大国际和地区问题上密切协调。刚果（金）坚定支持一个中国原则。

多年来，通过签署涵盖农业、卫生、贸易、基础设施等领域的一系列协议和谅解备忘录，刚中友好合作不断深化。在诸多协议中，尤其需要指出的有 1973 年和 1988 年两国签订的贸易协定、1997 年签署的关于鼓励和相互保护投资协定等。2021 年 1 月，两国签署关于共同推进"一带一路"建设的谅解备忘录，刚果（金）成为非洲第 45 个"一带一路"合作伙伴。

在这些协议和备忘录的框架下，中国在刚果（金）援建了很多基础设施，如人民宫、烈士体育场、正在建设的金沙萨中部非洲文化艺术中心等。受益于中国政府提供的奖学金，很多刚果（金）大学生和官员获得来华学习和培训的机会。刚果（金）重建离不开中国。

2015 年，刚中双方建立了合作共赢的战略伙伴关系。这意味着中国将刚果（金）视为在非洲的重要伙伴，为进一步发展两国关系提供了战略方向。如今，中国已连续多年成为刚果（金）第一大贸易伙伴和主要投资来源国。2021 年，刚中双边贸易额约为 140 亿美元。中国企业在刚果（金）矿业和基础设施领域的投资总额也已超过 100 亿美元。

除了双边框架外，刚中友好关系还体现在多边层面。自中非合作论坛首届部长级会议 2000 年在北京举行以来，刚果（金）参与了中非合作论坛每一届会议。

我相信，在两国领导人的战略引领下，以刚中外交关系正常化 50 周年为契机，进一步深化各领域合作，必将推动刚中关系迈上新台阶。

［文 / 刚果（金）驻华大使巴卢穆埃内　原载于《人民日报海外版》2022 年 7 月 25 日第 8 版］

·采访手记·

"我很喜欢吃粽子"

　　夏日骄阳中，"我在中国当大使"栏目组走进刚果（金）驻华大使馆。刚果（金）驻华大使巴卢穆埃内告诉我们："总统要求我多做一些促进刚中文化交流的工作。"说起文化交流，大使分享了他来华后过端午节的体验，"我很喜欢吃粽子"。吃粽子品的不仅是美食，更是悠久的中国文化。他说："中国拥有几千年文明，优秀传统文化博大精深，我们对中国文化怀有极大兴趣。"

　　巴卢穆埃内大使还预告了正在筹备的系列文化活动。"我希望促成刚果（金）的艺术团体来华表演，向中国朋友展示我们的多元文化。"大使说。他也计划邀请一些中国艺术团体到访刚果（金），让更多刚果（金）人欣赏中国文化之美。

　　在刚果（金）驻华大使馆，我们看到了一座玻璃制翠竹屏风。难道刚果（金）和大熊猫有什么渊源？巴卢穆埃内大使介绍，刚果（金）虽然没有白脸盘黑眼圈的大熊猫，却有"大熊猫"级别的国宝——霍加狓。大使办公室中，霍加狓形象随处可见，墙边的画作里有它，书柜里的木雕有它，画册里的主角也有它。霍加狓是一种神秘奇特的动物，一身绛红色油性皮毛似华丽锦缎，腿上长着斑马条纹，面部却像长颈鹿，还有一条如长颈鹿般可清理眼睛和耳朵的长舌头。巴卢穆埃内大使兴致勃勃说起霍加狓的特别之处："这是刚果（金）独有的动物，霍加狓就是我们的'大熊猫'。"

　　除了霍加狓和大熊猫，巴卢穆埃内大使还希望找到两国文化的更多连接点。他从书架上拿出一本介绍刚果（金）风情的画册，我们从画册中看到，身着不同民族服饰的模特秀出刚果（金）文化的绚丽多姿。"幅员辽阔的刚果（金）生活着数百个民族，不同民族创造了文化的多样性和丰富性。这也和中国很相似。"大使笑道。

（文 / 陆宁远　原载于《人民日报海外版》2022 年
7 月 25 日第 8 版）

我在中国当大使

看不够的刚果（金）木雕

地处非洲大陆腹地的刚果（金），不仅被誉为"世界原料仓库"和"地质奇迹"，也是非洲传统雕刻产生和发展的核心区域。

刚果（金）木雕艺术享有盛名。刚果（金）盛产优质木材，颜色、花纹、特性不一，为制作各类木雕作品提供了天然原料。桃心木、林巴木等树干粗大、木质坚硬，适宜雕刻家具用品；灰木结构松软，常用于雕刻大型半身人像；黑檀木木质坚硬、颜色美观，多用于雕刻动物、人物等小型艺术装饰品；铁木最多，用坚硬结实的铁木雕刻的各种艺术品在刚果（金）最常见。

以产区划分，刚果（金）雕像分属 10 余种"风格区"：乌刚果雕像风格区以大型嵌铁雕像、彩绘雕像和精雕细琢的品类为主；乌宽果雕像风格区的雕像注重头冠设计、多用彩绘；乌润达雕像风格区的雕像类型丰富、动感十足；乌伊图里雕像风格区地处广袤雨林地带，雕像造型简约，带斑点的面部是主要特征……刚果（金）人依靠独具的匠心和灵巧的双手，创造出各具地方风味和民族特色的雕刻作品，不仅在非洲享有盛名，而且远

刚果（金）卡胡兹·别加国家公园　约翰尼·阿非利加 / 摄

销欧亚多国。

　　刚果（金）还涌现了许多有名的雕刻艺术家，铜雕家里耀娄就是其中一位。里耀娄的作品多以反对战争和压迫、摆脱贫困，以及追求民主、和平、自由、和睦、友谊、爱情等为主题。他的作品风格将抽象与写实相结合，以线条的优美和造型的魅力著称。尤其是出自里耀娄之手的人物铜雕具有独特寓意：《母与子》表现母子间的深厚感情，充满生活气息；《思考者》反映人物内心世界和丰富的思想感情；《乡间少女》《女吹笛手》《乐师》等以高度概括、抽象、变形的手法塑造人物形象，给人以柔中见刚、静中有动之感。值得一提的是，里耀娄不仅是刚果（金）文化的传播者，也是

中刚文化交流的推动者。2014年，里耀娄曾获中国政府授予的"文化交流贡献奖"，是非洲地区唯一的获奖者。

中刚文化交往愈加密切，刚果（金）的雕塑作品跨越重洋来到中国展出，让中国观众感受到这个遥远国度的文化魅力。刚果（金）驻华大使巴卢穆埃内表示，希望把更多刚果（金）艺术品带到中国，通过文化艺术交流拉近两国人民距离。

（文/张六陆　原载于《人民日报海外版》2022年7月25日第8版）

克罗地亚

Croatia

"中国人的家文化弥足珍贵"

——访克罗地亚驻华大使达里欧·米海林

克罗地亚驻华大使达里欧·米海林近照　付勇超 / 摄

克罗地亚远在欧洲东南部，与中国的缘分却很深。克罗地亚驻华大使达里欧·米海林的中国情缘，便是克中友好的生动缩影。

早在孩提时代，马可·波罗的故事激发了米海林关于遥远东方的无限向往。工作后，米海林曾任克罗地亚总统外交政策顾问，亲历了克中关系的许多重要时刻。米海林近日接受人民日报海外网专访时表示，2020年上半年克罗地亚接任欧盟轮值主席国，恰逢中国与欧盟建交45周年，期待以此为契机让处于"钻石时期"的克中关系焕发更耀眼的光彩。

"我儿时就喜欢中国文化"

"克罗地亚是马可·波罗的故乡。"采访伊始，米海林一脸自豪地谈起克罗地亚与中国源远流长的友好交往史。

世人多称马可·波罗为威尼斯人或意大利人，米海林解释说，在马可·波罗的时代，还没有今天的意大利、克罗地亚，马可·波罗出生地当时归威尼斯共和国管辖，今天属于克罗地亚南部小岛科尔丘拉。"科尔丘拉岛仍保存着马可·波罗故居，当年马可·波罗的旅行就从这里启程。"

13世纪，马可·波罗沿着丝绸之路横跨中亚、翻越帕米尔高原，历经沙暴、雪崩、瘟疫等千难万险来到中国，把辉煌的东方文明鲜活地展现在欧洲人眼前。这段东西方人文交流的史话，在数百年岁月的流转中鲜活如初。米海林说："我们从小就读《马可·波罗游记》，看演绎马可·波罗故事的电视剧。我儿时就因此喜欢上了中国文化。"

出任驻华大使，让米海林有了与中国亲密接触的机会。成都的熊猫和辣火锅让米海林念念不忘，"我几乎吃所有食物都会浇上辣椒油"；米海林尤其喜欢在上海黄浦江边漫步，浦东新区令他感慨"改革开放让阡陌农田变成了摩天大厦"……到中国当大使一年来，米海林也努力像曾经的马可·波罗一样用脚步丈量中国这片广袤而神奇的大地，"中国不只是一个国家，更像是一个大洲"。

米海林在中国看到了不亚于西方发达国家的繁华景象，更惊喜地发现在现代化巨变中保持的中国文化特质。米海林特别谈到中国的家文化，现代人生活节奏越来越快，维系人际关系变得越来越难，而中国人有拉紧家庭成员情感纽带的独特方式。"每逢佳节，中国人都要讲究吃个团圆饭，这种全家团聚的频率比西方社会要高得多；现在年轻人工作的时间越来越长，如何抚养孩子对欧洲人来说是一个挑战，而中国人有自己的解决方式，中国老人会帮忙照顾孙辈。"米海林认为，中国人不变的家文化弥足珍贵。

克罗地亚在中国"吸粉"无数

马可·波罗打开了克罗地亚人认识中国的大门，两国人文交流在今天进入更为宽广的天地。

米海林表示，旅游正成为促进两国人民相知相交的重要渠道。现象级美剧《权力的游戏》君临城的取景地、马克西姆激荡人心的《克罗地亚狂想曲》、沿岸散落着中世纪城堡的漫长海岸线、湛蓝亚得里亚海中上千个各具风情的岛屿……克罗地亚这个山与海的国度、冰与火的世界，近年来成为备受中国游客青睐的"黑马"目的地。2018 年中国赴克罗地亚游客数量突破 20 万人次。米海林估算 2019 年中国游客增至 50 万人次，对促进两国旅游业交流合作，米海林怀有更大期待，"在我任期内希望促成克罗地亚和中国之间开通直航"。

足球也是拉近克罗地亚人与中国人情感距离的纽带。克罗地亚足球1998年首次参加世界杯便摘得亚军，2018年更以惊艳表现勇夺亚军，让不少中国球迷成为这支"格子军团"的拥趸。"中国朋友告诉我，在2018年俄罗斯世界杯上，很多中国球迷都在为克罗地亚队加油。"米海林高兴地表示，克罗地亚和中国在足球领域有广阔合作空间。他举例说，近年来有越来越多克罗地亚球员和教练来到中国，北京体育大学和克罗地亚萨格勒布大学签署了联合培养交换生项目协议。此外，青少年交流合作也是一个重要方向，2019年有近200名中国青少年运动员来到克罗地亚，和当地青少年共同训练。

除了旅游、足球，克罗地亚独具特色的博物馆近年来也在中国"吸粉"无数。米海林介绍，失恋博物馆、幻觉艺术博物馆等克罗地亚特色博物馆近两年陆续来到中国，2019年底在中克文化旅游年闭幕式上的"国际80年代博物馆"展览中呈现。展览再现了克罗地亚首都萨格勒布和上海这两座友好城市在20世纪80年代的城市文化生活，以全新视角加强克罗地亚和中国文化的交流与对话。"如此丰富多彩的文化活动，显示了克中两国文化交流程度之深。"

克罗地亚人见证"中国速度"

旅游、足球、博物馆，让今天的中国人感受到克罗地亚的活力；距离马可·波罗故乡不远处，由中国公司承建的佩列沙茨大桥，则让今天的克罗地亚人见证了"中国速度"。

"佩列沙茨大桥是一个伟大的项目。"米海林表示，大桥建成后将把克罗地亚隔海相望的两块领土连接起来，两地民众只需要3分钟就能走完原来 3 小时的路程。

佩列沙茨大桥主要由欧盟基金支持，成功中标高标准的欧盟基金大型工程项目，充分彰显中国企业的竞争力。"中国公司是公开招标时的最好选择。"米海林说，事实也证明了这一点。目前所有的工程进度不仅没有延期，而且一切都提前完成，预计 2021 年夏天大桥将会落成。

在米海林看来，佩列沙茨大桥是克中两国大项目合作的历史性突破，既体现两国政府间的高度互信，也为加深两国友谊带来契机。米海林说，施工队里的中国人已经和当地克罗地亚人建立了友谊，"他们会一起踢球，相互交流。"

事实上，佩列沙茨大桥也是"一带一路"倡议在巴尔干地区实现互利共赢的标志性项目之一。马可·波罗曾经走过的古丝绸之路，在今天焕发出新的时代光彩，也为两国加深合作带来新机遇。

米海林表示，除了基础设施，两国在清洁能源、汽车、物流、信息技术产业等领域的合作日益紧密。他盼望未来两国在农产品贸易领域迈开更大步伐。"希望尽快完成相关手续，让克罗地亚蜂蜜、三文鱼、奶酪等优质农产品进入中国超市。"米海林说，"就像中国四川人爱吃香肠一样，克罗地亚东部人也爱吃辣的肉制品，希望这样的农产品未来也能进入中国市场。"

对推动克中关系实现更大发展，米海林满怀信心。他表示，无论是双边渠道，还是"一带一路"倡议和中东欧国家—中国"17+1"合作渠道，抑或是欧盟—中国渠道，都为克中关系发展提供广阔舞台。2020 年是欧盟与中国建交 45 周年，第九次中国—中东欧国家领导人会晤将在华举行。"我们将会看到中国与欧盟之间展开密集而积极的对话。"米海林说。

（文 / 毛莉　聂舒翼　原载于《人民日报海外版》
2020 年 2 月 3 日第 8 版）

以最好方式纪念欧中建交 45 周年

　　对克罗地亚来说，2020 年 1 月起担任欧盟轮值主席国是一个重要时刻，这是克罗地亚 2013 年 7 月加入欧盟后首次担任欧盟理事会轮值主席国。我们深感重任在肩，将在今后 6 个月里为欧盟所有公民的利益而工作。使欧洲强大，是我们期望达成的目标。我们清晰地认识到，团结使我们更加强大以及能更好应对充满挑战的今天。

　　克罗地亚在担任轮值主席国期间将倡导欧盟实现均衡、可持续化和包容性增长。克罗地亚将鼓励旨在促进欧盟基础设施互通互联的政策，并通过教育、文化和体育合作使民心更加亲近。许多议程项目与欧盟和中国的伙伴关系领域相对应，我们作为轮值主席国将支持欧中关系进一步发展。

　　2020 年将成为欧中合作影响深远的一年。我们将以最好方式纪念欧中建交 45 周年，并确定进一步目标。欧盟和中国是长期合作伙伴，致力于深化全面战略伙伴关系。每年双方会定期举行首脑会议和部长级会议，进行逾 60 次部门对话。欧盟是中国最大的贸易伙伴，我们目前正在积极推动全面双边投资协定谈判，希望为双方创造新的市场机会，营造一个更加公平的市场竞争环境。此外，欧盟和中国同样是气候行动、发展合作和倡导多边主义的合作伙伴。

当前，克罗地亚和中国关系正处于"钻石时期"，这有力促进了各项合作项目与活动的发展。钻石不仅闪亮，并且质地坚硬，这意味着我们未来也必须承担起维护"钻石关系"牢不可破的重要责任。

（文 / 克罗地亚驻华大使达里欧·米海林　原载于
《人民日报海外版》2020 年 2 月 3 日第 8 版）

我在中国当大使

领带是连接克中的特殊符号

"我要代表克罗地亚人向全世界男士'道歉'。"克罗地亚驻华大使米海林面对"我在中国当大使"栏目组的镜头说出这番话时,我们有些愕然,不过他随后的解释又让我们莞尔。米海林大使说:"克罗地亚是领带的故乡。因为克罗地亚人的这个发明,现在全世界男士在很多场合都要被'勒住脖子'。"

米海林大使告诉我们,现代领带起源于16—17世纪克罗地亚士兵所使用的围巾。当时克罗地亚士兵在欧洲国家享有盛名,欧洲的国王和领主都会雇用克罗地亚士兵。根据克罗地亚传统,出征前士兵的母亲或妻子会为他们系上象征亲人团圆的围巾。后来法国人将这种装束引入时尚界,并逐渐流行到更广泛地区,最后演变成现代领带。

如今领带是令克罗地亚人骄傲的文化符号。克罗地亚人设立专门的"领带日",举办系列纪念活动,向世界介绍独特的克罗地亚文化。作为克罗地亚驻华大使,米海林也是尽职尽责的领带文化大使。米海林大使骄傲地说,他个人收藏的领带就超过了400条。

在米海林看来，领带也是连接克罗地亚与中国的一个特殊符号。"克罗地亚是领带的故乡，中国是丝绸的故乡。最好的领带正是丝绸做的。"米海林笑言，丝绸与领带的特殊关联，让克罗地亚和中国共建"一带一路"又多了一个理由。

（文/聂舒翼　原载于《人民日报海外版》2020年2月3日第8版）

为啥热门剧在克罗地亚取景

美剧《权力的游戏》曾在全球热播，作为主要取景地的克罗地亚也在全球范围内走红，每年都会吸引包括中国剧迷在内的大量游客前往观光。比如，剧中"君临城"的主要取景地——杜布罗夫尼克就是一大热门景点，成片的红色屋顶与湛蓝的亚得里亚海相映生辉。

事实上，不仅《权力的游戏》，宫崎骏的动画电影《红猪》、美国影片《妈妈咪呀 2》《星球大战：最后的绝地武士》以及印度宝莱坞电影《疯狂粉丝》等影视作品均在克罗地亚取景。克罗地亚之所以成为多部热门影视剧的取景地，与其独特的地理位置和丰富的历史文化遗产不无关系。

克罗地亚位于欧洲中部，巴尔干半岛北部。西北和北部分别与斯洛文尼亚和匈牙利接壤，东部和东南部与塞尔维亚、波斯尼亚和黑塞哥维那、黑山为邻，南濒亚得里亚海。亚得里亚海长 783 公里，如果算上岛屿，海岸线有 7868 公里长，而克罗地亚就占了其中的 74%，有人说克罗地亚浓缩了地中海最美的风景。拥有漫长曲折海岸线的克罗地亚，是一个真正的"岛国"，共有岛屿、岛礁、岩礁 1244 个，可供游玩的岛屿有上百个，有些岛

克罗地亚杜布罗夫尼克景色　鲍里斯·卡坎／摄（克罗地亚国家旅游局供图）

屿人烟稀少但景色迷人，带有别样的地中海风情。

克罗地亚的文化遗产也非常丰富。自史前时代起，克罗地亚地区就有人类居住。任何一次随意沿着千年石阶而下的散步，都可能在不经意间触碰克罗地亚令人心潮澎湃的历史。目前，克罗地亚拥有 8 处世界文化遗产和 2 处自然遗产，其中就包括建造于公元 3 世纪末到 4 世纪初的戴克里先宫殿、被誉为"亚得里亚海明珠"的杜布罗夫尼克古城等。欧洲最早的日历也是在克罗地亚被发现的，它被画在一件瓷器上，而这件瓷器制作的时间，正是楔形文字出现在美索不达米亚和象形文字出现在埃及之时。克罗地亚还有众多非物质文化遗产被列入联合国教科文组织的世界非遗名录，

包括哈瓦斯科·扎格列的传统儿童木制玩具制作、伊斯的利亚和克罗地亚沿岸的短音阶双声部歌唱和演奏等。

自然与人文的完美融合，让克罗地亚散发出无穷魅力，这或许正是吸引各国剧组的重要原因。

（文 / 陈洋　原载于《人民日报海外版》2020 年 2 月 3 日第 8 版）

埃及

Egypt

"中国短视频平台很有意思"

——访埃及驻华大使阿西姆·哈奈菲

埃及驻华大使阿西姆·哈奈菲近照　李帛尧／摄

"我平常用微信，我在埃及的家人和朋友觉得中国短视频平台很有意思。"埃及驻华大使阿西姆·哈奈菲日前接受采访时表示，社交媒体是年轻一代获取信息的重要途径，他希望通过社交媒体进一步拉近埃中人民的距离。

"每天都有新体验"

哈奈菲与中国第一次"相遇"是在学校课堂里，"中国学生学埃及历史，埃及学生也学中华文明的知识，都知道古丝绸之路"。大学期间，哈奈菲主修国际关系专业，对中国政治产生浓厚兴趣，认真研究中国共产党的发展历程、中国人民争取民族独立的斗争史。中埃相似的历史引发哈奈菲强烈共鸣："埃中两国人民都坚持维护民族独立和尊严，反抗霸权和压迫。"

2022 年 9 月抵华赴任，哈奈菲开启中国之旅。"这是我第一次来中国，每天都有新体验，这让我很兴奋。"哈奈菲说，"我去了上海、天津，还想去中国更多省市看看，感受文化的多姿多彩和经济的高速发展。"

中国式现代化是哈奈菲深入观察中国的关键词。中国用几十年时间走完西方发达国家几百年走过的工业化历程，创造了经济快速发展和社会长期稳定的奇迹。他说："我深知中国付出了巨大努力让人民脱贫致富，生活得有尊严。让14亿多人过上好日子绝非易事，中国的成就令人赞叹，这一切都是在中国共产党的领导下实现的。"

哈奈菲从中国式现代化看到了广大发展中国家独立自主迈向现代化的全新选择。"我非常尊重中国式现代化的经验。"哈奈菲表示，中国式现代化深深植根于中华优秀传统文化，这方面尤其值得埃及借鉴。"中国人有深厚家国情怀，埃及人也珍视家庭和睦、社会团结，我很想了解中国如何在快速发展的同时保留传统价值观，这种结合令人印象极其深刻。"

"乐见中国繁荣昌盛"

2023 年，中国经济复苏是哈奈菲关心的话题。街头车水马龙、景区游人如织、餐厅人声鼎沸、厂房机器轰鸣，让人感受到中国经济的强劲脉动。"我对中国经济前景很乐观。目前世界经济仍未恢复至最佳状态，但今年中国经济有望强劲复苏、迸发活力，令人倍感振奋。"哈奈菲说，"中国的繁荣与全球繁荣密不可分，我们乐见中国繁荣昌盛，中国的进步就是世界的进步。"

谈到中国发展带给世界的机遇，哈奈菲举例说："'一带一路'倡议是中国发展对世界贡献的一大重要标志。"他表示，今年是"一带一路"倡议提出 10 周年，这一倡议 10 年来在世界各地开花结果，对相关国家意义重大。埃及是最早响应"一带一路"倡议的国家之一，10 年来埃中共建"一带一路"硕果累累。"埃中合作有很多好项目，覆盖港口、工业、教育等埃及人关心的领域。埃及人看到项目现场的中国国旗，感受到'一带一路'带来实实在在的合作成果。"哈奈菲说。

埃及斋月十日城轻轨铁路是中埃"一带一路"合作旗舰项目之一。哈奈菲介绍，这条轻轨铁路连接埃及首都开罗市区与新行政首都等重要站点，2022 年通车后极大便利了沿线近 500 万名居民的出行。"这条轻轨铁路为埃及发展城际快速轨道交通系统提供了经验。"哈奈菲说。

哈奈菲频频为中埃·泰达苏伊士经贸合作区点赞。该合作区由天津企业与埃方共同打造，经过多年发展，在红海之滨的荒滩上建起一座现代化产业新城。"我去过合作区，与当地官员进行过好几次交流，不久前还去了天津。我了解到，合作区吸引了许多企业入驻，为 5 万多名埃及人直接或间接提供了就业机会。"哈奈菲说，"埃中共建'一带一路'的故事有巨大吸引力。'一带一路'倡议下还有很多富有前景的项目，我们翘首以盼。"

"南南合作的典范"

回望埃中在国际舞台上协作的一个个画面，哈奈菲认为，埃中并肩前行具有超越双边范畴的战略意义，"埃中关系是南南合作的典范"。

哈奈菲说，以气候变化全球治理为例，2022 年埃及主办的联合国气候变化沙姆沙伊赫大会（COP27）建立损失与损害基金，援助容易受到气候变化影响的发展中国家，取得这一成果离不开中国等所有友好国家的合作。埃中在 COP27 框架下密切协调，绿色转型合作大有可为。埃中都在向"碳中和"迈进，双方正在积极推动风能、太阳能、氢能等领域合作。"气候变化的影响超越国界，影响全世界人民的安全与福祉，所有人都将从绿色转型中受益。"哈奈菲说。

"发展中国家有携手实现共同目标的巨大潜力。"哈奈菲表示，埃中航天合作是又一个生动案例。埃及是首个在共建"一带一路"框架下与中国开展卫星合作的国家，近年来埃中航天合作卓有成效。"中国先进的航天技术可以应用在防灾减灾、农业等广泛领域，中国航天技术优势能帮助埃及和很多发展中国家。"

谈及对南南合作的理解，哈奈菲表示："我们生活的世界不应是'南北对立'的世界，应该对所有友好伙伴张开怀抱。发展中国家的进步也会惠及发达国家，比如发展中国家富起来后会从发达国家购买更多商品，各国都会从中受益。中国提出的共建'一带一路'倡议、全球发展倡议、全球安全倡议、全球文明倡议等都向世界释放了善意，提供了建设更美好世界的中国方案。"

（文／毛莉　吴正丹　原载于《人民日报海外版》
2023 年 3 月 27 日第 8 版）

我在中国当大使

埃及人民非常喜欢中国朋友

作为世界两大古老文明，埃中友谊源远流长。古丝绸之路商队连接中国和阿拉伯国家，双方互通有无，交流思想。埃中两国于1956年正式建交，此后双边关系不断迈上新台阶，已建立全面战略伙伴关系。

埃及人民非常喜欢中国和中国朋友。近年来，两国人民患难与共，情谊历久弥坚。抗疫期间，埃中人民守望相助，共克时艰；中国向埃及和非洲国家提供疫苗援助，生动地诠释了"患难见真情"的内涵。

如今我们很高兴看到中国优化疫情防控措施，中国和世界各地的人员往来在恢复正常。埃及人民热烈欢迎中国朋友到来。在埃及，中国朋友会受到热情款待，享受美味佳肴、宜人气候、纯净沙滩，领略灿烂文化遗产的魅力，体验幽默的埃及人民举办的各种休闲娱乐活动。

我们期待看到埃中开展更多文化交流活动，促进各领域投资持续增长，不断朝着新时代构建埃中命运共同体目标迈进。

（文/埃及驻华大使阿西姆·哈奈菲　原载于《人民日报海外版》2023年3月27日第8版）

遇见"努力学中文"的大使

埃及驻华大使馆仿佛一座博物馆：图坦卡蒙法老雕像、纳芙蒂蒂王后半身塑像、壁画里张开翅膀的伊西斯女神……移步换景，应接不暇，处处是古文明的深厚底蕴。在浓郁的埃及风情中，一只中式花瓶引人注目。青花瓷点缀其间并不突兀，反而与周遭布置相得益彰，展现文明互鉴之美。

埃及驻华大使阿西姆·哈奈菲向"我在中国当大使"栏目组展示了一摞纸，原来是练中文的字帖。一个"有"字，他反复练了几十遍，大使从笔画顺序练起，直到写成一个像模像样的方块字，然后再反复默写。另几张纸上，则是不少字形相像的汉字，有"干"和"十"、"八"和"人"、"天"和"大"等。大使在一旁不仅附上阿语释义，还特地注明了拼音。他表示，自己的中文水平还只能算是"婴儿学步"。

哈奈菲大使来华赴任后，学中文就成了他的日常功课。"我在埃及和中国有很多中国朋友，他们能说流利的阿拉伯语，甚至还有人会说埃及方言，我也要努力学好中文。了解中国不能只看表面，还要了解中国文化的内涵，这样才能更好地和中国打交道，这对一名外交官十分重要。"哈奈

埃及

菲大使说，他希望在埃及进一步扩大中文教育。已经有越来越多埃及人在学中文，中文在埃及各个年龄段的学生中都很受欢迎。"比如在鲁班工坊，埃及学生不仅能学中文，还能接受职业培训，找到更好的工作。"

透过这股"中文热"，哈奈菲大使看见了促进两国民心相通的更多可能。他说，埃及著名作家、诺贝尔文学奖得主纳吉布·马哈福兹作品的中译本给人留下了深刻印象，希望看到埃中文学作品、影视作品互译的更多成果。聊起中国电影，大使笑言："很多埃及人喜欢中国的功夫电影，我就是成龙的影迷。埃及电影业历史悠久，有很高水准，埃中还可以联合制作电影，比如合拍一部'探险金字塔'。"

埃及悠久灿烂的历史文化不仅能为拍摄电影提供无穷灵感，对中国游客也有极大吸引力。哈奈菲大使通过栏目组的镜头向中国游客发出邀请："埃及有意思的地方太多了，不仅有金字塔、各种历史遗迹，还有热情的埃及人、令人垂涎欲滴的美食、丰富多彩的休闲活动。我保证中国朋友来埃及后一定还想再来！"

（文 / 何泓　原载于《人民日报海外版》2023 年 3 月 27 日第 8 版）

到尼罗河畔，与历史对话

埃及地理位置可谓得天独厚。世界上最长的河流尼罗河，正是埃及的"母亲河"，河水灌溉作物、沉积出良田，成为文明摇篮。埃及还北临地中海，东接红海，连接这两片海的苏伊士运河是世界最繁忙的运河之一。

埃及"一半是海水，一半是沙漠"，东西两面均为沙漠，其中西部沙漠是撒哈拉沙漠的一部分。广袤无际的沙漠人烟稀少，坐落其间的绿洲如同散落的宝石。锡瓦绿洲、哈里杰绿洲等五大绿洲分布着中世纪时期的遗址，也保留着古老的传统民俗。

独特的地理资源塑造了璀璨的埃及文明。以尼罗河为例，根据尼罗河的定期泛滥，古埃及人制定了世界上最早的太阳历，并按照历法从事农业活动。古埃及太阳历影响了全球纪年法的使用，现在世界各国通用的公历便源于埃及。

古老神秘的金字塔、恢宏雄伟的狮身人面像、肃穆庄严的帝王谷、精巧秀美的方尖碑……岁月沧桑，埃及瑰丽的文化遗产至今仍有震撼人心的力量。以卡尔纳克神庙为例，埃及人不朽的智慧凝结于石像、巨柱之间。

狮身人面像与吉萨金字塔　亚历克斯·阿扎巴什 / 摄

在百柱大厅内，134 根参天石柱默然矗立，中间 12 根石柱每根高达 21 米，需要 11 个人才能合围，其余石柱每根也足有 10 余米高。即便建筑的屋顶已不复存在，但其宏伟的布局与石柱上精美的雕刻已足以令人惊叹。除了宏阔的建筑奇观，富于人文气息的壁画也吸引着世界各地游客。壁画记载着法老们征战的历史，鲜花、水果、飞禽、走兽等各种动植物的细节，再现了古埃及的生活风貌。

几千年岁月荏苒，埃及见证了诸多王朝的兴衰更替，今天的埃及焕发出新的光彩。埃及矿产资源丰富，盛产石油、天然气、大理石、石膏等。在农业方面，埃及是非洲单位面积产量最高的国家，其中棉花是埃及最重要的经济作物，被称为"国宝"。埃及拥有相对完整的工业、农业和服务业体系，其中服务业约占国内生产总值的 50% 以上，主要来自旅游、苏伊士运河收入等。

　　一个古老与现代并存的埃及正在吸引着全球游客。

（文 / 何泐　原载于《人民日报海外版》2023 年 3 月 27 日第 8 版）

埃塞俄比亚

Ethiopia

"我要在中国试试直播带货"

——访埃塞俄比亚驻华大使塔费拉·德贝·伊马姆

埃塞俄比亚驻华大使塔费拉·德贝·伊马姆近照　陆宁远／摄

"埃塞俄比亚前任驻华大使在中国曾走进直播间带货，卖了几吨咖啡。"埃塞俄比亚（以下简称"埃塞"）驻华大使塔费拉·德贝·伊马姆日前接受采访时表示，"我也有这样的计划，正在和企业沟通，我要在中国试试直播带货。"

塔费拉今年3月抵华后，工作日程排得满满当当。他有很多推动埃塞方与中方合作的设想。"未来一两年，希望在中国市场能看到埃塞牛油果。不仅是农产品，我们也在尽己所能推动埃塞纺织品、皮革制品等更多产品进入中国市场。"塔费拉说。

"很享受在中国不同城市的时光"

塔费拉此前曾两次访华，对中国并不陌生，但此次驻华以来的见闻给了他更多惊喜。"中国生态环境保护成就让我印象尤其深刻，中国政府采取了很多有效措施，现在北京的蓝天一碧如洗已成常态。"塔费拉说。

来华后，塔费拉已走访8个省份的10多座城市。塔费拉说："每个省份每座城市都有值得体验的地方，比如各地美食各有特色，无论北京烤鸭还是重庆火锅，我都爱吃。连面条也有不同种类，我都非常喜欢。到处都能感受到中国经济社会发展活力，我很享受在中国不同城市的时光。让我特别高兴的是，在一些城市我还遇到了进口埃塞绿豆和芝麻的中国商家。"

走在中国各地街头巷尾，塔费拉对中国式现代化的认识日渐加深。他认为，要了解中国式现代化，首先要回望中国历史，了解源远流长的中华文明史以及中国人独特的价值观。中华文明赋予中国式现代化以深厚底蕴，中国式现代化有基于国情的中国特色。"中国式现代化是全体人民共同富裕的现代化，中国强调共同富裕路上一个也不能掉队，我看到今天的中国处处在发展。"塔费拉说。

"亚吉铁路成为经济发展大动脉"

在埃塞俄比亚，提起亚吉铁路，很多人都会点赞。亚吉铁路连接埃塞首都亚的斯亚贝巴市与吉布提首都吉布提市，是非洲第一条跨国电气化铁路，也是中国与埃塞共建"一带一路"的标志性项目。亚吉铁路今年迎来开通运营5周年，塔费拉还记得几年前第一次乘坐亚吉铁路列车的体验。"埃塞有一条百余年前的老铁路，我上大学时每年都要坐这条铁路的火车从德雷达瓦到亚的斯亚贝巴，晚上6点出发，第二天早上6点才到达，要12个小时。如今，德雷达瓦成了亚吉铁路的途经点，亚吉铁路列车跑完全程只需6个多小时。"塔费拉说，亚吉铁路为旅客出行和货物运输提供了极大便利，支撑着沿线工业园区发展，埃塞很多商品出口也依赖亚吉铁路运输，"亚吉铁路成为经济发展大动脉"。

阿瓦萨工业园是埃塞首个由中国企业设计、建造的现代化轻工业纺织园区，吸引了国际知名企业入驻。"我去过阿瓦萨工业园，看到它给阿瓦萨这座城市带来勃勃生机。"塔费拉表示，阿瓦萨工业园吸引外商直接投资，给很多年轻人创造就业机会，带动对外贸易发展。阿瓦萨如今不仅是旅游热门城市，也成为埃塞富有活力的经济中心之一。

"我们不断见证'一带一路'倡议的贡献，很多项目切切实实增进了埃塞人民福祉。"塔费拉表示，埃塞的例子是"一带一路"倡议在非洲落地生根的缩影。第三届"一带一路"国际合作高峰论坛即将召开，期待此次论坛为高质量共建"一带一路"注入新动力，相信"一带一路"倡议将继续对全球产生深远影响，埃塞与中国将在"一带一路"框架下进一步拓展合作领域。

"我在中国能喝到家乡的咖啡"

在亚的斯亚贝巴南郊，曾经的一片荒草坡上已建起一座新地标，不时有人在此"打卡"拍照，这里是今年初竣工的中国援非盟非洲疾病预防控制中心总部，是继非盟会议中心后中非合作的又一标志性项目，也是非洲大陆第一所拥有现代化办公和实验条件、设施完善的疾控中心。"援建非洲疾控中心总部再次表明，中国想非洲之所想，急非洲之所急。推动卫生健康事业发展是非洲各国的迫切需要，中国的支持实实在在，体现了中国对非政策理念。"塔费拉说。

中国为非洲农产品输华设立"绿色通道"，是契合非洲国家当下发展需求的又一项重要举措。继参加第三届中非经贸博览会后，塔费拉又在为参加第六届中国国际进口博览会做准备。从这些展会，他看到了中国帮助非洲扩大对华出口的真心实意。"近年来，埃塞咖啡不断扩大对华出口，年增长率达到27%。"塔费拉说，"现在中国成了埃塞咖啡的主要进口国之一，我在中国咖啡店、酒店能喝到家乡的咖啡，在中国的超市、商店还常常发现埃塞其他农产品。看到埃塞产品越来越受中国消费者喜爱，我们太高兴了。"

今年埃塞俄比亚获邀加入金砖合作机制，中国与埃塞深化合作有了更广阔空间。塔费拉表示，金砖国家和广大发展中国家有相同的价值观，金砖国家的科技进步是一大亮点，科技合作大有可为。金砖国家深化贸易和投资合作也有巨大潜力，金砖国家新开发银行已成为发展中国家融资的新来源。加入金砖将助力埃塞继续提升基础设施水平，发展旅游业和采矿业，实现工业化和农业现代化，促进埃塞信息技术和数字经济发展。

（文／毛莉　原载于《人民日报海外版》2023 年 10月 9 日第 8 版）

欢迎到埃塞俄比亚投资

位于东非的埃塞俄比亚是一个古老的独立国家，1.2亿人口讲80多种语言。埃塞俄比亚有3000多年文明史，许多项目被列入联合国教科文组织世界遗产名录和人类非物质文化遗产代表作名录。

埃塞俄比亚被誉为咖啡发源地，是全球主要咖啡出口国之一。埃塞俄比亚的阿拉比卡咖啡因独特的香气、口感和风味而深受中国消费者喜爱。埃塞俄比亚是青尼罗河的源头，有许多稀有动物、植物，包括无麸质食品苔麸。埃塞俄比亚还诞生了不少著名运动员。

非洲联盟、联合国非洲经济委员会等将总部设在埃塞俄比亚，联合国教科文组织、联合国开发计划署以及欧盟等组织也在埃塞俄比亚设立了代表处。埃塞俄比亚有多项非洲之"最"，拥有非洲最大和盈利状况最好的航空公司以及非洲最大水电站。

当前，埃塞俄比亚正在进行经济改革，旨在创造良好的投资环境，将纺织服装、皮革、制药、信息通信技术、农业和农产品加工、采矿和能源、旅游等作为吸引投资的优先领域。埃塞俄比亚建立了工业园区、农业加工产业园、自由贸易区，为外国投资者提供更多便利。近期埃塞俄比亚推出一系列新政策措施，例如对电动汽车制造予以免税等，将使埃塞俄比亚成为非洲受欢迎的外国投资目的地。

半个多世纪以来，埃塞俄比亚与中国始终保持稳固的双边关系，并发展为全面战略合作伙伴关系。两国关系发展建立在相互信任和友好的基础之上，在经贸、投资、人文等领域合作取得了实实在在的成果，未来将进一步深化各领域合作。我相信，埃塞俄比亚与中国的合作将结出更多硕果。

（文／埃塞俄比亚驻华大使塔费拉·德贝·伊马姆　原载于《人民日报海外版》2023年10月9日第8版）

我在中国当大使

大使的领带"亮"了

今年 5 月完成翻建工程的埃塞俄比亚驻华大使馆给来访者留下深刻印象。当"我在中国当大使"栏目组走进使馆富有设计感的半圆弧形大厅，立刻被足有四五层楼高的穹顶吸引。穹顶不仅高，设计也独具匠心，玻璃网状造型让采光更加通透，与大厅花色地砖遥相呼应，营造人工灯光难以比拟的"自然感"。大厅中央摆放的六边形木桌上，约半人高的花束展示出奔放的非洲风情。

在这座以白色为主基调的现代化大楼里，各种埃塞风情的装饰色彩绚烂。让我们最难忘的亮色，是埃塞俄比亚驻华大使塔费拉·德贝·伊马姆佩戴的一条彩色领带。这条领带以明黄为底色，红、蓝、灰等不同色彩的图案相间，格外绚丽醒目。见我们感兴趣，塔费拉大使热情地介绍，这条领带的图样来自埃塞俄比亚著名艺术家阿弗沃克·特克莱的作品。

阿弗沃克是埃塞最具代表性的艺术家之一，他的作品以大胆的色彩、复杂的设计和埃塞文化的独特视角而闻名。阿弗沃克一生创作了许多有关埃塞和非洲主题的绘画、壁画和玻璃镶嵌画，亚的斯亚贝巴非洲大厦内那幅以非洲解放为主题的大型彩色玻璃镶嵌画尤为出色。这幅150平方米的玻璃镶嵌画创作于1958年，描绘了非洲曾经的苦难、当时的斗争、未来的希望。塔费拉大使说，阿弗沃克在埃塞俄比亚现代艺术史上留下了深刻印记，他的作品在埃塞很多文化景观中都能看到。

值得品味的埃塞俄比亚文化不止于此。作为拥有3000多年悠久历史的文明古国，埃塞俄比亚有丰富的文化遗产，阿克苏姆古城遗址等多处文化遗产被列入联合国教科文组织世界遗产名录。阿克苏姆古城大量遗迹可追溯到公元1世纪至13世纪，包括完整的方尖碑、大型石柱、皇家墓地和古代城堡遗迹。阿姆哈拉语是埃塞俄比亚悠久历史与深厚文明积淀的标志，它不是尘封于博物馆里的"古董"，今天依然存在于埃塞俄比亚人的生活中。

塔费拉大使计划把更多埃塞俄比亚文化介绍给中国人，也希望让更多埃塞俄比亚人走近中国文化。今年他第一次在中国沉浸式体验了中秋节。"埃塞俄比亚和中国都有底蕴深厚的节庆文化，很多传统节日历史悠久、代代传承。每逢佳节，我们都会邀请中国朋友到使馆共同庆祝。我希望有更多机会体验中国各种节庆活动。"塔费拉大使说。

（文/武慧敏　原载于《人民日报海外版》2023年10月9日第8版）

我
在
中
国
当
大
使

去贝尔山探寻濒危物种

　　说起非洲大陆的动物，人们往往会想起"非洲五霸"——狮子、大象、水牛、豹和犀牛。位于埃塞俄比亚的贝尔山国家公园给出了另一份"名单"，拓宽了人们对非洲大陆生物多样性的认识。

　　贝尔山国家公园位于埃塞东南部的奥罗米亚州，建于 1970 年，占地面积约 2150 平方公里。园内设有 3 个生态分区：北部有平原灌木林，中部有4000 米高原，南部有供哺乳类、两栖类和鸟类栖息的树林。初到贝尔山国家公园的游客一定会被眼前的景象所吸引，高原上的生物栖息于云雾之中，这里是许多濒危物种最后的家园。

　　贝尔山国家公园被非洲鸟类俱乐部评为非洲第四的观鸟胜地，是众多鸟类爱好者青睐的旅游目的地。在贝尔山脉，有超过 300 种鸟类繁衍栖息，其中包括 6 种埃塞俄比亚独有的种类。蓝翅雁、黄面鹦鹉、埃塞俄比亚丝雀等多种外界少见的鸟类都可以在贝尔山脉发现。

　　公园内除了种类繁多的鸟类之外，还有 78 种哺乳动物，其中不少面临濒危灭绝的风险，更有活化石般的生物见证了这片土地上几千年的岁月

法西尔盖比城堡　洪德·格梅楚／摄

变迁。在众多哺乳动物中，埃塞俄比亚狼尤为著名，它是一种小型犬，一对尖耳朵和独特的红棕色皮毛是它最明显的特征，由于外表酷似狐狸，也有人误称其为"阿比西尼亚狐狸"。作为世界上最稀有的犬科动物之一，埃塞俄比亚狼在野外仅存不到 500 只。目前，埃塞俄比亚野生动物保护局与多方合作开展埃塞俄比亚狼保护计划，以期使其摆脱灭绝风险。

　　在公园内，还有一种名叫贝尔山绿猴的埃塞俄比亚特有猴种，它们与

大熊猫有相似的饮食习惯，常常吃水果充饥，在旱季，会食用竹笋、竹叶果腹。贝尔山绿猴通常成群出没，十分胆小，大部分时间会躲在茂密树林深处，利用叫声喝退外来者，向同伴传递警惕风险的信号。

贝尔山国家公园是动植物繁衍的摇篮，也是人类亲近自然的宝地。如果您到埃塞旅行，别忘了去贝尔山走一趟。

（文 / 陆宁远　原载于《人民日报海外版》2023 年10 月 9 日第 8 版）

冈比亚

Gambia

我／在／中／国／当／大／使

"我毫不犹豫选择中国"

——访冈比亚驻华大使马萨内·纽库·康蒂

冈比亚驻华大使马萨内·纽库·康蒂近照　谢明／摄

> "在可赴外常驻的国家里，我毫不犹豫选择中国。"近日在接受人民日报海外网专访时，冈比亚驻华大使马萨内·纽库·康蒂分享了主动要求来华工作的心路历程。赴任中国，他期盼能亲身参与到中国的发展中，也希望通过他的努力，推动冈中关系向前发展。

"从小就看到中国人帮助我们"

康蒂来华履职背后，有一份孩提时代结下的缘分。1974 年中冈建交后，双边农业合作铺展开来。中国农业技术人员飞赴冈比亚，在遥远的西非土地上挥洒汗水，他们正是康蒂最早见到的中国面孔。"从小就看到中国人帮助我们。"康蒂回忆说，"那时候我还是个小男孩，经常看到中国人在田间给爷爷奶奶、叔叔婶婶们传授农业知识，帮助我们改良农业生产。"

康蒂同样没有忘记两国建交后 20 年里中国对冈比亚的帮助。中国在冈比亚援建了友谊宿舍、卫生中心、独立体育场等很多基础设施。"冈比亚唯一一座国家体育馆就是中国建造的。"他说，"当时两国成功推进了许多项目，冈中合作有很大发展空间。"

20 世纪 90 年代两国关系一度出现波折，但在双方共同努力下，两国于 2016 年 3 月 17 日恢复了大使级外交关系。消息传来，时任冈比亚驻古巴大使的康蒂第一时间从哈瓦那向冈比亚总统送去祝贺，表达对复交的大力支持。"我很早就认识到了与中国复交对冈比亚的重大意义。"康蒂表示，"与中国复交是冈比亚时任政府最大的外交成就。"

两国复交以来，双边关系迅速全面发展。2020年由中国政府援建的冈比亚国际会议中心落成，是冈比亚的一件大事。"国际会议中心将成为伊斯兰合作组织2022年峰会的主会场。"康蒂表示，"这个中心是地标性建筑，也是冈中友谊的象征。"

冈比亚学生最喜欢赴华留学

赴华任职期间，康蒂在抗疫斗争中看到了不起的中国力量。回想2020年9月抵达西安的场景，康蒂仍觉历历在目：身着防护服的医护人员、严格彻底的消杀措施、完整科学的隔离闭环……康蒂感慨："每个地方、每个环节都井然有序，这种秩序令人惊叹。"对中国抗疫斗争了解得越多，康蒂对中国的钦佩就越深。康蒂说，中国不仅援助冈比亚防疫物资、分享抗疫经验，还派出经验丰富的抗疫专家组和援冈医疗队共同协助冈比亚抗疫。

经历携手抗疫的患难与共，康蒂对发展对华合作的信心愈加坚定。他说，冈比亚从中国企业承建的高速公路、桥梁、通信等众多基建项目中获益匪浅。两国人文交往也愈发紧密，中国成为冈比亚学生最青睐的留学目的地。复交5年来，在中非合作论坛框架下，中国向冈比亚提供了近900人次的短期培训项目。冈比亚学生最喜欢赴华留学，他们学成归国后，成为冈比亚国家发展的建设者和两国友谊的使者。

"冈比亚各个领域有大量投资机会，我们欢迎中国企业。"康蒂举例说，冈比亚是个农业国家，绝大多数人口务农，但目前粮食还无法自给自足，包括大米在内的食品主要依赖进口。冈比亚有大片肥沃土地尚待开垦，政府正在加大农业投入，冈中农业合作取得积极成果，未来希望从中国引进更多先进农业技术。被誉为非洲"微笑海岸"的冈比亚旅游资源丰富，风光秀美、人民淳朴热情、文化包容和谐、社会安定有序，欢迎中国企业投资冈比亚旅游业、酒店业、航空业。

"多边合作的最佳典范"

两国关系不断升温背后是中非合作走向纵深。2000 年中非合作论坛的成立，标志着中非友好大家庭从此有了集体对话平台和务实合作机制。2018 年，冈比亚总统赴华出席中非合作论坛北京峰会。

作为这一重要事件的见证者，康蒂对中非合作论坛的精神内核有深刻认识。他表示，历史和现实有力证明，中国希望与非洲实现互利共赢。20 年来，中非合作论坛向世界展现了"多边合作的最佳典范"。

在中非合作论坛框架下，中非共同制订并相继实施"十大合作计划""八大行动"，数十个中非经贸合作区和工业园区在非洲落地，中国在非洲修建的铁路和公路均超过 6000 公里，还建设了近 20 个港口和 80 多个大型电力设施，援建了 130 多个医疗设施、45 个体育馆和 170 多所学校……康蒂说，20 年来，得益于中非合作论坛的累累硕果，非洲正变得更加健康、更加繁荣、更加宜居。

康蒂表示，一个更强大的中国和一个更强大的非洲将在国际舞台上携手并肩，为国际社会作出更好表率。"一个国家如何与 50 多个体系不同的国家合作？很多国际合作都在效仿中非合作论坛的范例。相信未来非中关系将不断达到新高度。"康蒂说。

（文/毛莉 张六陆 原载于《人民日报海外版》
2021 年 4 月 26 日第 8 版）

大使盛赞中国减贫成就

"数以亿计的中国人从贫困走向富裕，我们看到很多地方是如何从贫穷变成了世界上最好的地方之一。"冈比亚驻华大使马萨内·纽库·康蒂面对"我在中国当大使"栏目组的镜头，盛赞中国减贫的非凡成就。

减贫是一个世界性难题，但贫困并非不可战胜。对于包括冈比亚在内的广大非洲国家来说，中国全面消除绝对贫困是莫大鼓舞。康蒂大使说，贫困是全球滋生动乱的重要原因。未来的世界不应该是一个不平等、贫富差距越拉越大的世界。他从中国这里看到了如何让人民摆脱贫困，如何让人民过上有尊严的生活，如何成为自己的主人。"从中国道路和经验里，我们看到了世界的未来。"

康蒂大使的话道出了很多非洲国家驻华大使的心声。在采访的众多非洲国家驻华大使眼中，中国减贫实践为非洲国家提供了经验。

佛得角驻华大使塔尼亚·罗穆阿尔多认为，中国减贫规模令人惊叹。埃塞俄比亚驻华大使特肖梅·托加表示，埃塞俄比亚虽然和中国经济体量不同，但希望能像中国一样创造发展奇迹。布基纳法索驻华大使阿达马·孔波雷认为，中国消除绝对贫困既仰赖于中国人民的辛勤劳动，更离不开中国共产党和中国政府富有远见的政策。"当你知道前进的方向，可以利用所有资源、调动所有人力。如果没有航向，将行无所至。"

中国不仅以自身的减贫和发展直接推动全球减贫进程，还积极支持广大非洲国家减贫发展。莫桑比克驻华大使玛丽亚·古斯塔瓦对栏目组表示，中国帮助莫桑比克推进非洲最大规模水稻项目。位于莫桑比克加扎省首府赛赛市的万宝莫桑农业园，给当地农民带去了种植水稻的"致富经"。布隆迪驻华大使马丁·姆巴祖穆蒂马说，中国多次向布隆迪派出农业专家组，不仅为当地农户带去了"川香优506"等优质水稻品种，还在当地推广育秧、栽植及田间管理等多项技术，为布隆迪粮食短缺问题提供了一整套解决方案……

中国用实实在在的行动表明，中国在减贫实践中探索形成的宝贵经验，既属于中国，也属于世界。

（文/吴正丹 原载于《人民日报海外版》2021年4月26日第8版）

"微笑海岸" 的明珠

建筑面积达 14800 多平方米，1 间 1000 座的主会议厅、4 间 200 座的主题会议室、14 间双边会议室、4 间新闻发布厅……坐落在非洲 "微笑海岸" 的冈比亚国际会议中心，是中冈复交以来两国首个重大基础设施合作项目，更是 21 世纪中冈友好合作的象征。

回首 2017 年 9 月项目奠基之时，冈比亚总统巴罗等政要齐聚，当地民众载歌载舞庆祝项目开工，冈比亚国家广播电视台、各大报纸和电台争相报道。巴罗总统在致辞中表示，国际会议中心项目是冈比亚现代化道路上的重要里程碑，是冈比亚新政府推进国家发展的重要举措。

开工以来，两国团队紧密合作，克服困难，按时、高效、高质量推进工程进展。2020 年，这颗 "微笑海岸" 的亮丽明珠在双方工程人员的辛勤努力和密切合作下最终成功亮相。作为落实两国领导人共识和中非合作论坛北京峰会成果的具体举措，冈比亚国际会议中心项目体现了中国提出的 "真、实、亲、诚" 对非合作理念和正确义利观，展示了中国发展同非洲国家友好关系的坚定决心。

项目移交仪式盛况空前，巴罗总统率副总统、国民议会议长、外长、工程部长等内阁成员和国会议员莅临。巴罗表示，国际会议中心项目承载了无数冈比亚民众的期望，国际会议中心项目建成，对推动冈比亚经济社会发展乃至提振国际声誉意义重大。他更盛赞中国是冈比亚重要的发展伙伴。

除了冈比亚国际会议中心之外，备受期待的中国援冈上河区路桥项目也即将完成，将有效改善冈比亚河两岸人民的交通状况。随着越来越多合作成果在冈比亚落地，联通的不仅是道路，更是两国民心。

（文／吴正丹　原载于《人民日报海外版》2021年4月26日第8版）

泛舟冈比亚河　领略自然之美

　　冈比亚是非洲大陆上面积最小的国家，1.1万余平方公里的国土沿河分布。这条河就是冈比亚的"母亲河"——冈比亚河。认识冈比亚，可以随冈比亚河的蜿蜒河道，一路自东向西寻访这片狭长的土地。长河入海之地，是大西洋岸边冈比亚的首都班珠尔。

　　冈比亚河发源于西非西岸几内亚的富塔贾隆高原，流经冈比亚唯一邻国塞内加尔，全长1100余公里。河道时分时合，沿途又有冈比亚人称为"博隆"的小河汇入。沧海桑田，冈比亚河在改道的过程中为冈比亚留下了众多河迹湖，在中游河网中形成若干小岛。下游迫近入海口，淡水和海水相混合形成潮间带，茂密的红树林在河两岸自由生长。盘根错节的根茎伸展出水面，一丛丛绿莹莹的叶片从枝头垂下，在潮湿空气中随微风摇曳。每逢雨季，空气中弥漫着树叶与青草的清新味道。望向雨后初霁的天空，听河水在脚下奔流，亲近大自然的每一刻都触动人心。

　　沿冈比亚河寻觅野生动物的踪迹是游客热衷的活动。冈比亚河沿河建有6个国家公园，乘小舟在河流与丛林间徜徉会给游客以独特体验。船桨

冈
比
亚

107

掠过水面,隐匿在树丛中的飞鸟扑棱棱展翅跃起,苍鹭、白鹳、鹈鹕、鹭鸶、燕鸥、斑鸠……冈比亚河流域生活着至少 400 种鸟类;船头鲮鱼轻快腾出水面,划出一道银光,咕咚入水;丛林中三五成群的黑猩猩在枝头攀上爬下摘果子……各种各样的野生动物出没,游客坐在游船上目不暇接。

去丛林河流探险并非游玩冈比亚的唯一选择,在班珠尔入住度假酒店享受悠闲假期也十分惬意。棕榈树投下绿荫,金色沙滩总是暖洋洋的,就算只是在酒店的露台面朝大西洋发发呆,也是放松心情的好方式。冈比亚的海鲜是一绝,烹饪手法以油炸和烤炙为主,配以米饭作为主食,经典的调味品是花生酱。除了靠海吃海,冈比亚还盛产各种水果,当地人喜欢把芒果、番木瓜、菠萝等热带水果混合榨汁。冈比亚有一种名为"柯拉果"

冈比亚首都班珠尔地标性建筑"拱门二二"(图片来源:冈比亚旅游局官网)

的果实非常特别，当地人结婚总少不了准备一些柯拉果增添喜气。

　　游客一定要到班珠尔集市上走一走。这里有非洲风情的雕刻、扎染、编织布艺，更有能说会道的小商贩热情地招揽生意。尽管这里的手工艺品物美价廉，但游客可以试试讨价还价的乐趣。在热情开朗的冈比亚人看来，讨价还价是游客了解冈比亚文化的不错方式。

　　　　　　（文／吴正丹　原载于《人民日报海外版》2021 年
　　　　　　　　　　　　　　　　4 月 26 日第 8 版）

格鲁吉亚

Georgia

"我是半个北京人！"

——访格鲁吉亚驻华大使阿尔奇尔·卡岚迪亚

格鲁吉亚驻华大使阿尔奇尔·卡岚迪亚近照　付勇超/摄

格鲁吉亚位于大小高加索山脉之间的狭长地带，素有"上帝的后花园"美誉。西部的海滨、北部的山区、中部的草原和谷地，复杂多样的地形让不到 7 万平方公里的国土上分布着 18 个气候带。独特的自然风貌和地理位置带给格鲁吉亚更多东西方文明交融发展的机遇。作为丝绸之路上一个重要的贸易节点，格鲁吉亚通达欧亚两大洲，繁忙的商业活动加上格鲁吉亚自身的丰富资源，推动了多种文化在此交汇融通。

近日，格鲁吉亚驻华大使阿尔奇尔·卡岚迪亚（Archil Kalandia）接受人民日报海外网专访时表示，中国的古老文明与现代化历程深深吸引着格鲁吉亚人，越来越多的格鲁吉亚学生学习中文。他期待两国以经贸合作为先导，未来探索更多的合作机会，不断为两国人民创造实实在在的好处。

"学中国文化是很美好的事"

阿尔奇尔·卡岚迪亚与中国的缘分始于 20 多年前。那时，在格鲁吉亚第比利斯大学读书的他第一次听说中国，就对这个拥有悠久历史、丰富文化的东方国家产生了浓厚兴趣。

"14 年前，我第一次来中国，在北京住了很长一段时间。"原本用英语接受采访的大使"话风"突然一变，用地道的京腔告诉我们，"我是半个北京人！"长期在中国工作生活的经历让卡岚迪亚有机会近距离感受中国文化的魅力。"学习中国历史文化是一件很美好的事。"

语言文字是打开文化大门的钥匙。身为汉学家的卡岚迪亚十分看重中文学习，"如果不会中文，你很难理解中国文化中的一些现象"。2019 年 2 月，格鲁吉亚政府将汉语教学纳入国民教育体系，正式赋予汉语第二外语的法律地位，"格鲁吉亚有很多来自中国的教授"。卡岚迪亚表示，很多格鲁吉亚学生来中国参加交换项目，既学习中文，也接受相关的职业教育。

对语言学习的重视源于中格两国同样悠久的历史与文化。自古以来，格鲁吉亚就是东西方文明交融的典型代表。由 33 个字母组成的格鲁吉亚文字是地球上流传至今的古老语言。"格鲁吉亚学生在中文学习方面很有天赋。"卡岚迪亚表示，中文学习在格鲁吉亚很受欢迎。

在卡岚迪亚看来，格鲁吉亚的"中文热"不仅仅是中国语言文字的魅力，更是中国文化的吸引力。中国五千年灿烂文明所孕育出的戏曲、书法、绘画、诗歌等，具有独特艺术风格，令人心驰神往。

格鲁吉亚的中国"刘茶"

在格鲁吉亚，有一种茶叶叫作"刘茶"。这一特殊名称源于 100 多年前到格鲁吉亚创业的一位中国人。

1893 年，中国茶艺师刘峻周带领 12 名茶工携带大量茶籽、茶苗，从广州港出发，历经 3 个多月的海上颠簸，抵达格鲁吉亚的巴统港并开展茶叶种植。经过数年的辛勤劳作，刘峻周终于培养出适应本地气候、品质优良的中国茶新品种。为纪念他的贡献，格鲁吉亚人将当地红茶称为"刘茶"。

"每次我回到格鲁吉亚都会给朋友们带一些中国茶叶。"在卡岚迪亚看来，茶叶不仅是中国的特色农产品，更是中国与格鲁吉亚两国人民友谊的见证。

同样见证两国人民友谊的，还有一款新晋"网红"产品——格鲁吉亚葡萄酒。

"酒对我们来说不仅仅是饮品，更是文化传统中非常重要的一部分。"据卡岚迪亚介绍，格鲁吉亚有着数千年的葡萄种植历史，是葡萄栽培和葡萄酒酿制的古老国家。"我相信在未来中国会成为格鲁吉亚第二大甚至第一大葡萄酒进口国。"大使满怀信心。

历史上，作为东西方贸易枢纽的格鲁吉亚，宛如一颗璀璨夺目的明珠镶嵌在古丝绸之路上。如今，随着"一带一路"建设不断深入，越来越多印有"格鲁吉亚生产"标签的蔬菜、茶叶通过中欧班列走进中国的千家万户。

"格鲁吉亚是连接亚欧两大市场的桥梁。"阿尔奇尔·卡岚迪亚表示，"我们正在抓住每个机会扩大格鲁吉亚产品在中国市场的份额。"

印象最深的是中国人的责任感

中国有句名言：不积跬步，无以至千里。格鲁吉亚人常说："只有在扎实的地基上，才能建成坚固的房子。"

在卡岚迪亚看来，快速增长的社会财富、突飞猛进的科技创新、日新月异的建设成就只是表面现象，中国的成功深深植根于生生不息、代代相传的民族精神。"中国人对于如何建设国家、保持团结、放眼未来的心态令我非常惊讶。"

长期在中国工作生活让他有机会近距离接触许多中国人，也拥有了更多与众不同的体验与思考。在被问及对中国印象最深刻的一点时，他毫不犹豫地回答："是中国人的责任感。"

从 2008 年北京奥运会惊艳世界，到 2010 年上海世博会喜迎八方来客，卡岚迪亚见证了中国一个又一个"高光时刻"。在他看来，中国成功的原因有很多，比如国家的顶层设计、有效的社会治理等，但最根本的原因是中国人民始终充满历史使命感，万众一心、攻坚克难。

在分析思考中国发展经验、道路的同时，卡岚迪亚大使也扮演着中格两国文化交流的使者角色。"我会推荐格鲁吉亚人来中国旅游，了解中国悠久的历史和文化，也来感受中国的现代化发展速度。"他表示欢迎中国游客到格鲁吉亚走走看看，探索两国更多的合作机会。

（文 / 王法治　原载于《人民日报海外版》2020 年
1 月 10 日第 8 版）

格中成为互利合作的典范

近年来，格鲁吉亚共和国与中华人民共和国之间的双边关系呈现蓬勃发展势头。两国在国际层面保持密切协调与合作，尊重共同利益，相互扶持，并开展相互合作。

格鲁吉亚是本地区唯一与中国和欧盟签订了自由贸易协定的国家。此外我们与欧洲自由贸易联盟（瑞士、列支敦士登、挪威、冰岛）、独联体国家、土耳其和中国香港均建立了自由贸易机制，从而显著提升了格鲁吉亚的出口和投资潜力，令格鲁吉亚的企业能够免税进入拥有23亿消费者的市场。我们乐于看到在格鲁吉亚经营业务的中国企业数量正在稳步攀升，其中一些企业已经在格鲁吉亚市场上站稳了脚跟。自从签署自由贸易协定以来，格中两国的双边关系已经上升到全新层面，成为互利合作的良好典范。

参加"一带一路"倡议是格鲁吉亚政府的一项重要议程，因为这项倡议将令格鲁吉亚能够充分发挥自身的地缘战略优势。我们相信格鲁吉亚具备发展成为一个区域性贸易、运输和物流中心的潜力，并进而促进欧洲与亚洲之间的合作。我们对这项全球性倡议的推进高度乐观。在"一带一路"倡议的框架下，推动"跨里海运输走廊"的发展殊为重要。格鲁吉亚一直积极致力于与其他伙伴国家共同推动跨里海国际运输线路的发展。

格鲁吉亚葡萄酒在中国受到越来越多的欢迎。2018 年，格鲁吉亚向中国市场出口了 695 万瓶葡萄酒。 中国是格鲁吉亚葡萄酒的第三大进口国。逾 40 家格鲁吉亚红酒馆已在中国各大城市开门营业，包括北京、上海、乌鲁木齐、兰州、丽水、义乌、诸暨等。

此外，格鲁吉亚驻华大使馆的主要优先事项之一就是加强双边文化联系。格鲁吉亚拥有丰富的历史和传统。在我看来，在中国提升格鲁吉亚知名度的最佳方式就是让更多中国人了解我们的独特文化和传统。在这方面，格鲁吉亚驻华使馆将更加积极地推广格鲁吉亚民间音乐和传统舞蹈，介绍格鲁吉亚的独特酿酒历史以及展示格鲁吉亚的古代手稿等。

在过去的 70 年里，中国取得了令人瞩目的发展成就。考虑到过去、现在和未来之间的紧密联系，我们需要了解中国的过去，如此方能洞悉中国的现状并预测中国的未来。中国共产党的实干精神和务实态度以及社会的稳定与和平发展是中国取得成功的关键。我想利用这次机会，祝愿中国蓬勃发展、富强繁荣！

（文 / 格鲁吉亚驻华大使阿尔奇尔·卡岚迪亚　原载于《人民日报海外版》2020 年 1 月 10 日第 8 版）

大使的礼物清单很"中国"

"如您回国，会给亲朋好友带去哪些中国特色的礼物？"

"丝绸是肯定的，当然还有瓷器、陶器和茶叶等等。"面对"我在中国当大使"栏目组的镜头，格鲁吉亚驻华大使阿尔奇尔·卡岚迪亚一口气列出了长长的"礼物清单"，令栏目组欢笑不止。

"我在中国当大使"系列采访进行了40多期，每期我们都会给大使特别设置一个"回国带哪些'伴手礼'"的提问，得到了许多各具特色的答案。但格鲁吉亚驻华大使如此"中国特色"的回答还是让我们有些吃惊。细细琢磨，这似乎也在情理之中。历史上，地处欧亚接合部的格鲁吉亚是古丝绸之路的必经之地。对卡岚迪亚这样一位"半个北京人"来说，丝绸、陶瓷或茶叶，承载的都是两国人民绵延千年的友谊。

贸易，从来不是简单的以物易物，而是以商品为载体，促进一种甚至几种不同的生活方式、价值取向、文化传统在彼此尊重、平等互利的基础上取长补短，形成各美其美、美美与共的民心相通。100多年前，中国茶艺师刘峻周，不远万里，漂洋过海在格鲁吉亚港口城市巴统，撒下第一颗红茶种子；而近两年，格鲁吉亚葡萄酒风靡中国。随着越来越多的跨国产品"飞"入寻常百姓家，两国人民的心理距离越来越近。

从古丝绸之路，到如今的"一带一路"倡议，有着鲜明历史记忆的经贸合作得到两国人民的真心拥护。2018年1月生效的中格自由贸易协定，是双边贸易和经济关系领域的又一个里程碑。从此，源自格鲁吉亚的产品可以免税进入中国市场，包括葡萄酒、矿泉水、非酒精饮料、水果、蔬菜、茶叶、坚果等等。当年，双边贸易规模突破了10亿美元大关，较2017年增长32%。刚刚过去的2019年，中国继续保持格第三大贸易伙伴地位。

经济全球化，既不遥远也不渺茫，它是摆在格鲁吉亚人橱柜里的中国茶叶，是放在中国老百姓餐桌上的格鲁吉亚红酒，更是千百年来无数商旅行人跨越山海看一看更大世界的渴望。如今，基础设施的互联互通结成了一张覆盖全球的"网"，每个国家、地区乃至个人，都是这张"网"上的一个个重要节点，正发挥着自己的独特作用。

"我们基本上已经准备好了。"卡岚迪亚表示，格鲁吉亚正在通过对桥梁、港口等基础设施的现代化改造，加快融入世界。

（文 / 王法治　原载于《人民日报海外版》2020年1月10日第8版）

格鲁吉亚

我在中国当大使

这里埋藏着数千年前的葡萄籽

在伊比利亚文明和科尔奇文明的基础上，格鲁吉亚文化经历了数千年的锤炼与发展。在 11 世纪之时，格鲁吉亚迎来古典文学、艺术、哲学、建筑和科学的复兴与黄金时代。古希腊、罗马帝国、拜占庭帝国、多个伊朗王朝（尤其是阿契美尼德王朝、帕提亚王朝、萨珊王朝、萨非王朝和卡扎尔王朝）以及 19 世纪的俄罗斯帝国都给格鲁吉亚文化带来了深远影响。

格鲁吉亚的文化还体现在扬名海外的传统音乐、丰富多彩的舞蹈戏剧、恢宏大气的建筑、古法酿制的葡萄酒等。

舞与歌

格鲁吉亚文化的精髓在于民间音乐。格鲁吉亚的复调和民族舞蹈充分彰显出格鲁吉亚民族气质、日常生活以及传统元素之美。

格鲁吉亚舞蹈是格鲁吉亚精神的最佳代表。它将爱、勇敢、对女性的

格鲁吉亚首都第比利斯　尼尔·森古普塔 / 摄

尊重、耐力、抗衡、技巧、美丽融合为一种多姿多彩、令人称奇的表演。

最流行的歌唱形式是教堂圣歌和民间复调。复调并没有欧洲音乐文化当中的主音。歌手通常为男性，因为典型的格鲁吉亚歌曲都是由三个男声组成。复调是格鲁吉亚社会生活中不可或缺的一部分，格鲁吉亚人在庆祝一些活动或者在工作之时都喜欢唱歌。

1997 年，美国国家航空航天局将"旅行者 2 号"送入太空。"旅行者 2 号"携带了一张镀金光盘，里面有世界各地的 25 首最佳金曲，其中之一就是《Chakrulo》——一首古老而经典的格鲁吉亚复调民歌。

2001 年，格鲁吉亚复调唱法被联合国教科文组织认定为人类口头和非物质遗产代表作。

特色建筑

格鲁吉亚的中世纪教堂具有鲜明特色，通常是在一个长方形或十字形的结构上立起一个"大鼓"，再配上高高隆起的锥形圆顶。这种建筑风格通常被称为"格鲁吉亚十字圆顶"，于 9 世纪之时在格鲁吉亚发展起来。在此之前，大多数格鲁吉亚教堂都是巴西利卡式教堂。格鲁吉亚教堂建筑的一个显著特征体现在教堂内部空间的分配之上；这个特征可以追溯到格鲁吉亚文化史上高度关注个人主义的时期。

格鲁吉亚东正教教堂和修道院是格鲁吉亚建筑的权威典范。第比利斯圣三一主教座堂是一个著名的朝圣地。位于第比利斯南部的姆茨赫塔市是宗教建筑的中心，而格鲁吉亚全境遍布其他知名宗教建筑。

葡萄酒

格鲁吉亚的传说、故事和歌曲中，葡萄的题材随处可见。在格鲁吉亚，葡萄酒是一项能吸引全世界游客和调酒师的国民资产。

格鲁吉亚酿酒的传统源于数千年前。葡萄酒的历史起源于新石器时代，而对此最切实的印记则见于格鲁吉亚境内。考古学家在第比利斯以南的克维莫－卡特利州（Kvemo Kartli）马尔诺里山谷（Marneuli Valley）丹格罗利·戈拉（Dangreuli Gora）遗址发现了一些有着几千年历史的葡萄籽。显然，人类和葡萄的关系早在公元前 6000 年就已开始，第一个种植葡萄的地方就是格鲁吉亚。纵观历史，酿酒不仅是格鲁吉亚经济的基础，也是其精神文化的一部分。

Kvevri（格鲁吉亚文，格鲁吉亚西部亦称为 Churi）是用于传统格鲁吉亚葡萄酒发酵、储存和陈酿的大型陶制容器，形似没有把手的大型卵形双耳瓶。这些容器或埋于地下，或置于大酒窖地面，大小不一，体积从 20 升到大约 1 万升不等，常见为 800 升。2013 年，联合国科教文组织将古时格鲁吉亚人使用 Kvevri 陶土罐酿酒的传统方法列入非物质文化遗产名录。

（文 / 任天择　原载于《人民日报海外版》2020 年 1 月 10 日第 8 版）

几内亚比绍

Guinea-Bissau

"我们的国歌由中国作曲家创作"

——访几内亚比绍驻华大使安东尼奥·塞里福·恩巴洛

几内亚比绍驻华大使安东尼奥·塞里福·恩巴洛近照　付勇超／摄

"我们的国歌由中国作曲家创作，这是中国和几内亚比绍友好关系的见证。"几内亚比绍驻华大使安东尼奥·塞里福·恩巴洛近日接受人民日报海外网专访时说，几内亚比绍的国歌《我们亲爱的家乡》是由中国作曲家晓河创作的。对于几内亚比绍而言，中国是风雨同舟、携手并肩的好朋友、好伙伴。他由衷希望在任内续写两国友好的佳话，为两国合作探索更多可能。

"中国城市都保持了特色"

今年1月24日，恩巴洛飞抵中国，就任几内亚比绍驻华大使。对于外交生涯的新一站，恩巴洛颇有"相见恨晚"之意。他说，从事外交工作以来，就一直想到中国走一走、看一看，但由于种种原因直到今年才得以成行。

对于中国这个远在万里之外的国度，恩巴洛从朋友那里打听到不少关于中国的故事，平时也通过新闻增进对中国的了解。恩巴洛赴任前做足了功课，但亲眼看见中国经济社会发展面貌后，仍感到惊喜："我看到了不一样的中国，更加真实的中国。"

短短几个月时间，恩巴洛到访了河北、天津、湖南、新疆等多地。"我从未在这么大的国家担任大使，对我来说，这是全新的经历。"虽是初来乍到，但恩巴洛对于中国的理解日渐加深。在天津，恩巴洛参加了第五届世界智能大会，看到了中国在科技研发、建设智能城市方面的热情与投入；在新疆，恩巴洛走访乌鲁木齐、喀什、阿克苏等地，看到中国政府对新疆社会稳定、人民安居乐业的重视与保障；在湖南，恩巴洛参观了中非经贸合作创新示范园和高桥国际商品展示贸易中心，看到了中国对非合作的真诚与努力……"我去过的所有城市都让我印象深刻。中国城市都保持了特色，拥有强劲的发展势头。"恩巴洛感慨地说，"了解得越多，对中国的印象就越好。"

城市是恩巴洛读懂当代中国的注脚，音乐则成了他了解中国文化的窗口。恩巴洛说，他每天晚上都会通过电台收听中国歌曲。"虽然听不懂在唱什么，但是觉得很好听。"恩巴洛笑道，中国历史悠久，文化多元，"期待随着时间推移，我能听懂和喜欢更多中国歌曲，由此逐渐加深对中国文化的了解。"

"中国改变了我们的医疗卫生条件"

恩巴洛也想做一位传唱者，把中几两国友好故事讲给所有人听。"我认为医疗是人类的生命之本，中国在公共卫生领域给予几内亚比绍的帮助至关重要。"恩巴洛曾任几内亚比绍卫生部长，对于两国卫生合作十分熟悉，其中印象最为深刻的是中国援建的卡松果医院。

恩巴洛说，卡松果医院为几内亚比绍带来了巨大帮助，"卡松果医院是当时最有名的医院，也是唯一一个门类齐全的综合性医院。因此，很多居住在其他地方的人专程到卡松果找中国医生治疗。"自1976年中国政府向几内亚比绍派遣第一批医疗队以来，已有数百位中国医生在卡松果接力这场改善民生的长跑：医疗队年均门诊量近万人次、多次赴几内亚比绍各地义诊、与当地医生无私分享学习……如今，从卡松果到中几友谊医院，从医疗专家组到"光明行"义诊活动，从定期医疗器械援助到邀请几内亚比绍医生来华培训学习，两国医疗合作的成色更足。"中国改变了我们的医疗卫生条件。"恩巴洛说。

与中国医者一道在几内亚比绍挥洒汗水的还有中国的农技专家。自1976年起，中国农技专家的身影就一直活跃在几内亚比绍巴法塔区，帮助当地种植水稻。不仅如此，他们携手几内亚比绍技术人员，不断筛选水稻良种，其中，"美味12号"在当地种植大获成功。"中国水稻良种在巴法塔生产、培育的效果非常好，我们的产量一直在翻倍。"恩巴洛说，"农业对几内亚比绍的发展至关重要，非常感谢中国长期以来对几内亚比绍农业发展给予的帮助。"

"中国是最具担当的国家之一"

坚持互惠共赢是两国同为发展中国家的默契，也是两国践行多边主义的体现。恩巴洛表示，中国在多边框架内发挥作用是许多发展中国家的重要关切，因为中国始终在多边框架内捍卫广大发展中国家的利益，"对于这一点，包括几内亚比绍在内的所有非洲国家都感同身受"。

在恩巴洛看来，中国对外合作秉持不干涉别国内政的原则，这对非洲国家维护自主性非常重要。"非洲需要中国，我认为中非合作取得成效改变了非洲的全球格局。"恩巴洛说，"自从中国与非洲建立合作关系后，非洲用短短20年的时间达到了过去500年都未曾达到的发展水平。"

眼下，新冠疫情依旧肆虐，"疫苗鸿沟"仍然存在。让恩巴洛最难忘的，是中国一次次向非洲伸援手。"非洲非常愿意接受国际社会向我们提供医疗援助。在所有国家中，中国明确表达了将全力支持非洲国家抗疫工作，还为此专门制定了对非援助计划。"恩巴洛表示，中国不仅直接向非洲国家提供防疫物资、医疗器械和新冠疫苗，还帮助非洲国家组建本地的实验室，发展本土制药能力，"中国是最具担当的国家之一。"

在中国，恩巴洛了解到，中国共产党百年来带领中国人民取得了一个又一个举世瞩目的成就：从国家独立到消除贫困，从改革开放到"一带一路"，从和平共处五项原则到构建人类命运共同体……中国用自身发展不断为世界进步注入动力。"我坚信，世界发展的未来取决于中国。"恩巴洛说。

（文/张六陆　原载于《人民日报海外版》2021年
9月6日第8版）

· 大使说 ·

美西方对新疆的无端指责完全没有事实依据

今年 5 月 26 日至 29 日，我与 30 多位非洲国家驻华大使和外交官参访中国新疆。我们参观了关于新疆的反恐和去极端化斗争主题展，在乌鲁木齐走访了清真寺，在阿克苏参观了荒漠绿化纪念馆，在喀什参观了工厂和村庄。此外，我们与新疆人民就当地宗教活动的开展以及不同民族人民的交流和融合等话题进行了深入交流。

参与这次访问的所有成员高度赞扬中国政府在打击恐怖主义方面的努力。新疆的首要问题在于反恐，而不是充斥着西方媒体报道的所谓人权、民族和宗教权利问题。

新疆曾深受暴力恐怖事件的困扰，给当地造成了巨大损失。这些事件的幕后始作俑者，是宗教极端主义、民族分离主义和恐怖主义。恐怖分子在当地传播恐怖主义视频等，意图分裂中国。在这种情况下，我想试问：世界上哪个主权国家会对国内骚乱视而不见？

新疆当地设立职业技能教育培训机构，让居民有机会接受良好的教育和专业培训，开始新的生活。类似做法在一些西方国家也被广泛采用，符合国际通行准则。

过去 4 年多，新疆未再发生一起暴恐事件，这使得当地取得令人瞩目的经济发展，从而与中国其他地区一道摆脱了极端贫困。

近年来，新疆棉花生产的机械化水平迅速提高，耕地、播种、管理和收割等农业生产的各个环节都在朝着更高效、自动化和智能化的方向发展。

当地商业服务的发展促进了机械设备的普及。此外，政府对农业机械采购提供的补贴，也大大减轻了农户负担。所有这些因素都促进了新疆棉花的规模化机械生产。美西方一些国家对新疆地区棉花生产过程中所谓"存在强迫劳动"的无端指责，没有任何事实依据。

数据显示，2014 年至 2019 年，新疆地区生产总值由 9195.9 亿元增长到 13597.1 亿元，年均增长 7.2%，居民人均可支配收入年均增长 9.1%。新疆地区在经济社会发展以及民生改善方面成果显著。

今年是中国共产党成立 100 周年，我想借此机会，祝贺中国共产党为提高中国人民福祉所作出的重要贡献以及取得的巨大成就，也祝愿中国共产党把中国建成一个在各个方面都领先的国家。

（文／几内亚比绍驻华大使安东尼奥·塞里福·恩巴洛　原载于《人民日报海外版》2021 年 9 月 6 日第 8 版）

大使自豪回忆递交国书时刻

　　"我在中国当大使"栏目组迄今已走访 90 多个驻华大使馆，约访几内亚比绍驻华大使安东尼奥·塞里福·恩巴洛的过程与众不同。在之前一次活动上，栏目组成员特地用法语与之攀谈，获得了大使热情的回应。彼此交换微信后，我们才得知恩巴洛大使来自葡语国家几内亚比绍。"用法语约上葡语国家驻华大使"，开启了"我在中国当大使"栏目组与几内亚比绍驻华大使的缘分。

　　恩巴洛大使认真回应采访提问之余，还热情邀请我们参观大使办公室，并详细讲解自己珍藏的照片。最让大使难忘的，是今年 4 月在递交国书时与习近平主席及 28 国新任驻华大使的集体合影。恩巴洛大使自豪地表示："看！我就在这里。"雄伟的人民大会堂、气势磅礴的巨幅壁画《江山如此多娇》，庄重的仪式与亲切的问候……回忆起现场，大使兴奋不已："向习近平主席递交国书是我人生中重要的一天，标志着我的驻华大使生涯正式开始。"

　　除此之外，恩巴洛大使办公室茶几上还陈列着几个相框。大使介绍说：

"这些都是我的家人，但由于疫情，还没能来华团聚。"大使笑言，每当向远在异乡的家人聊起自己来华后的见闻，他总是很雀跃：中国地域辽阔，物产丰饶，"什么新奇的好东西都有"。然而，大使的家人们却表示"不敢相信"。大使认为，"这并不奇怪"，因为在他本人赴华之前也难以想象中国现今的繁荣富强。面对栏目组镜头，大使说："有些外国媒体在涉华报道中故意抹黑中国，甚至是非不分、颠倒黑白。这告诉我们，看待中国一定要眼见为实。"

恩巴洛大使特地让工作人员拿来关于几内亚比绍特产的介绍册与旅游宣传册，向栏目组推荐"带货"。"几内亚比绍自然风光美好，河流纵横，湖泊棋布，渔产丰富，是大西洋最重要的渔场之一。"恩巴洛大使介绍，"得益于此，我国拥有新鲜美味的海产品，希望疫情过后能有更多中国朋友来尝尝鲜。"

（文/吴正丹　原载于《人民日报海外版》2021年
9月6日第8版）

我在中国当大使

非洲大陆的"神秘花园"

位于西非海岸线上的几内亚比绍,堪称非洲大陆的一座"神秘花园"。夕阳将每日最后一缕光洒在这里,凛冽的寒冬从不曾在这里过境。得天独厚的气候条件,使几内亚比绍有着绝佳的生态环境,吸引无数游客来此一睹自然生态之美。

如果说多种多样的民族特色、自然生态、奇异景观共同为几内亚比绍打造了一顶绝美的桂冠,那么散落在海岸线外的比热戈斯群岛则是这座桂冠上最闪耀的明珠。距海岸线48公里的比热戈斯群岛,由十余座主要岛屿和多座小岛组成,岛上环境优美,动物与大自然和谐相处,被列为联合国教科文组织生物圈保护区。远观比热戈斯群岛,像极了一位娇羞的姑娘,先是用海水阻隔向往者前进的步伐,又用茂密的植被将其姣好的面庞深藏于绿荫之下。只有登上岛屿,方能一睹其真容。

说起比热戈斯群岛的美貌,不得不提岛上的香橙岛国家公园。这座建立于2000年的国家公园,是几内亚比绍最大的自然保护区和重要旅游目的地。公园由比热戈斯群岛的多个岛屿组成,其中大部分位于比热戈斯群

梅洛岛海滩（图片来源：几内亚比绍政府官网）

岛的香橙岛。公园内，红树林、棕榈树等植物在此生长，燕鸥、灰鹦鹉等濒临灭绝的稀有动物在此休憩。

若昂拉德梅洛群岛国家海洋公园是几内亚比绍的另一个国家公园。由于其自然条件优越、适宜生存，绿蠵龟、玳瑁和榄蠵龟等3种世界罕见的海龟品种都在这里安家，并将沙滩作为自己繁衍后代的育婴室。每到繁衍季节，海龟们纷纷爬上沙滩，在柔密的沙中产下蛋卵，也成了园内独特一景。

大自然也给了几内亚比绍绝佳的馈赠。作为世界排名前十的腰果生产国，几内亚比绍的腰果无论是味道还是品质都属于全球上乘，不仅深受当

地人喜爱，更是远销海外。当一颗颗腰果挂满枝头时，农民们明白，收获的季节不远了。

　　几内亚比绍，一个自然的庇护之所，生灵万物和谐相处，书写着生命的赞歌。

（文 / 陆宁远　原载于《人民日报海外版》2021 年
9 月 6 日第 8 版）

圭亚那

Guyana

"我非常愿意试试数字人民币！"

——访圭亚那驻华大使周雅欣

圭亚那驻华大使周雅欣近照　付勇超／摄

追中国古装偶像剧、打卡故宫、上网"买买买"……圭亚那驻华大使周雅欣在繁忙工作之余，休闲生活丰富多彩。作为华裔，周雅欣听父母口中的中国往事长大，对万里之外的东方古国不陌生。儿时回广州探亲、求学选择到北京留学、进入圭亚那外交部工作后两次赴华常驻。近日接受人民日报海外网采访时，周雅欣表示，她为代表圭亚那出任驻华大使深感荣幸，希望通过努力让圭中两国人民越走越近。

"对中国文化有强烈认同"

地处南美大陆北部的圭亚那全名为"圭亚那合作共和国"，多元文化的包容性从国名中特殊的"合作"二字可见一斑。一代代华裔、非洲裔、印度裔、葡萄牙裔、印第安裔等不同肤色的人们扎根于此，形成圭亚那多元文化和谐交融的独特风景。"从小母亲就教育我们不忘本。"周雅欣说。

在圭亚那，华人所占人口比例不高，却被称为六大民族之一。早在1853年，中国移民就远渡重洋来到圭亚那。160多年来，华人积极融入并回馈圭亚那社会，为圭亚那政治、经济、社会、文化发展作出重要贡献。圭亚那独立后，首任总统钟亚瑟就是一位华裔。"如果来到圭亚那，你会发现很多中国文化元素，几乎每条街都有中国餐馆。"周雅欣说，"我从小就对中国文化有强烈认同。"

来华留学，在周雅欣是一个自然而然的决定。1996 年，周雅欣漂洋过海来到父母念念不忘的故土，在北京语言大学度过了愉快的留学时光。周雅欣眼里满是怀念："我当时是班里唯一的圭亚那学生。同学来自世界各地，大家聚在一起学中文的经历非常宝贵。"

这段留学经历，也让周雅欣萌生了从事两国友好交流事业的志向。她高兴地表示，2014 年圭亚那大学设立了孔子学院，如今到中国留学的圭亚那学生也越来越多。两国年轻人一起学习、共同成长，对深化两国人文交流意义重大。"今天的年轻一代更加开放，更愿意与外界交流对话。希望新冠疫情阴影散去后，两国人员往来按下'加速键'。欢迎更多中国年轻人走进圭亚那。"周雅欣说。

"中国医生医术高超"

虽然疫情按下了两国人员往来的"暂停键"，但中圭医疗卫生合作却从未中断。今年 3 月，中国援助圭亚那政府的新冠疫苗运抵圭亚那首都乔治敦，这是圭方第一次收到外国政府直接援助的疫苗，也是两国合作抗疫的又一例证。周雅欣表示，很多发展中国家疫苗一剂难求，圭亚那人民非常感谢中国伸出援手。"中国疫苗值得信赖。"周雅欣骄傲地说，"我们使馆所有工作人员都接种了中国疫苗。"

抗疫合作是两国医疗卫生合作的一个缩影。1993 年至今，中国已向圭亚那派遣 17 期医疗队。20 多年来，一批又一批中国医生远离家人和祖国、飞越万里重洋，为圭亚那病患解除痛苦、传递友谊，成为当地人眼中的"中国天使"。周雅欣回忆说，她十四五岁时曾亲眼见证中国医生把患者从死亡线上抢回来的奇迹。"我父母认识的一名年轻人遭抢劫被枪击，生命危在旦夕。当他被紧急送往医院后，值班医生却无法做手术。我父母凌晨两点联系上了中国医疗队的医生，中国医生成功地完成了手术，救了这名年

圭亚那

轻人的命。那简直是一个奇迹，子弹偏离要害部位只有几毫米，中国医生医术高超。"

中国医生救死扶伤的故事，周雅欣亲眼见过很多，也亲耳听过很多。她曾在圭亚那外交部国际合作司工作，与一批批中国援圭医疗队紧密合作，并结下了深厚友谊。"我亲眼看到中国援圭医疗队规模不断扩大，对圭亚那卫生事业发展作出了重要贡献。这是圭中医疗卫生合作的成功范例，我为参与其中深感自豪。"周雅欣说。

"习惯刷手机购物"

作为大使再次来华，周雅欣发现了两国合作的更多机遇。"每次来中国都觉得变化太大了。中国这样一个大国能实现如此迅速的发展殊为不易，中国为发展中国家树立了榜样。"她说。

来华不久，周雅欣充分感受到中国电商和移动支付带来的巨大便利。她笑言："来了北京才发现，移动支付太方便了。我早已习惯刷手机购物，连钱包在哪儿都忘了。"得知北京冬奥会将推动数字人民币试点应用，周雅欣跃跃欲试，"在中国总有机会尝试先进技术，我非常愿意试试数字人民币！"

周雅欣希望，圭亚那搭上中国电商发展的"快车"，让更多圭亚那特产走上中国家庭的餐桌。"很多到过圭亚那的中国朋友告诉我，最怀念圭亚那的自然味道。"周雅欣介绍，圭亚那绝大部分国土被雨林覆盖，天然绿色是圭亚那农产品和食品的特色：甘蔗汁酿造的圭亚那朗姆酒非常独特；圭亚那金砂糖保留了甘蔗香的原味；天然无污染的生长环境造就了圭亚那咖啡的上佳品质。周雅欣表示，目前一些圭亚那特产已进入欧美市场，中国市场有巨大潜力，希望能打开中国市场销路。

周雅欣表示，2022 年圭中将迎来建交 50 周年，这是推动两国关系取得更大发展的重要契机。"加勒比地区国家对发展对华关系越来越重视。"周雅欣说，未来 5 至 10 年，圭亚那将在基础设施、农业和科技等领域涌现大量投资机会，欢迎中国企业家到圭亚那投资，希望圭中经贸合作结出更多硕果。

（文 / 毛莉　武慧敏　原载于《人民日报海外版》
2021 年 12 月 13 日第 8 版）

我在中国为大使

携手保护地球家园

近年来，我亲眼见证了中国环境的显著改善，这背后是中国多年的不懈努力。中国碳减排等环保政策影响深远，积极倡导使用清洁、可再生能源，这证明了中国应对气候变化有承诺、有贡献。

平衡石油生产和低碳发展，对圭亚那政府是一个巨大挑战。得益于圭亚那近海大量石油的发现，近年来圭亚那经济发展驶入了"快车道"。根据国际货币基金组织数据，2020 年圭亚那经济增速超 43%，2021 年经济增速有望达到 20.4%。尽管圭亚那经济严重依赖化石能源，但圭亚那仍然选择了低碳发展道路。碳排放影响每一个国家，但像圭亚那这样地势较低的国家更易受到气候变化影响，因此我们必须尽己所能承担责任。2009 年，在发现石油资源之前，圭亚那就实行了低碳发展战略。2021 年 10 月，圭亚那总统伊尔凡·阿里宣布就 2030 年低碳发展战略开始征集全国意见。

圭亚那将持续促进经济多元化发展，包括加大对公路、航空、电网、网络等基础设施投资，精准扶持非森林地区的农业发展等。圭亚那将努力实现主要农产品自给自足，并最终能向其他国家出口。这些举措将助力圭亚那经济进入长期高速增长的轨道，为全球可持续发展作出贡献。

如果石油和天然气是当今全球经济的基石，那么世界生态系统就是未来经济的基石。世界需要正确认识全球森林、生物多样性和海洋所创造的价值。2009 年，在圭亚那实行低碳发展战略时就提出，用国家行动为全球森林保护探索一个国际模式。圭亚那是森林覆盖率最高的国家之一，也是森林砍伐率最低的国家之一，超 99.5% 的森林得以保存。圭亚那生物多样性水平也很高。

与石油和天然气不同的是，世界还没有充分认识到森林的价值。因此，世界各地的森林被砍伐，用于农业、采矿、基础设施和其他用途。而如果要避免气候变化出现最严重的极端情况，则需要在未来十年内改变这种情况。

圭亚那 2009 年就开始寻求有共同环保愿景的国际合作伙伴。圭亚那愿意并且准备好了同中国等伙伴共同应对气候变化挑战。作为国际社会重要一员，中国在应对气候方面作出了积极努力。绿色创新技术、绿色金融和伙伴关系，是创造更美好未来的关键。让我们携起手来，为每个人创造一个更美好的地球。

（文／圭亚那驻华大使周雅欣　原载于《人民日报海外版》2021 年 12 月 13 日第 8 版）

遇见会做粤菜的大使

　　一头黑色短发干净利落、一双黑色大眼睛炯炯有神、一对柳叶眉温婉秀气……职业外交官的干练与东方女性的优雅兼而有之，是圭亚那驻华大使周雅欣给"我在中国当大使"栏目组留下的第一印象。对周雅欣大使的采访，自然而然从她和中国割不断的血脉亲情谈起。

　　"我爷爷祖籍广东，奶奶是印度裔圭亚那人。我父亲小时候就随爷爷在中国长大，而我母亲是广州人。"面对栏目组的镜头，周雅欣大使毫不见外地自报家门。周雅欣家族如今已深深扎根于圭亚那，但一份无法割舍的乡愁代代传承。

　　对周雅欣大使来说，乡愁寄托在"广东味道"里。大使说，从她记事起，一道费时费工的梅菜扣肉就是家里餐桌上的"主角"。每逢年节，母亲总要张罗一大桌子粤菜，而作为家中长女的周雅欣大使就是最好的"厨房小帮手"。在母亲耳濡目染下，周雅欣大使也学会了不少家常粤菜。"圭亚那人特别爱吃粤菜。"她骄傲地说，"今年参加广交会时，同行很多驻华大使也告诉我喜欢粤菜。"

在周雅欣大使成长过程中，与故土相连的纽带不仅是粤菜。"母亲一直坚守中国文化传统，我们家的孩子从小就在家讲粤语。"周雅欣大使说，无论是大小节日，还是生日，母亲都要用中国传统方式热热闹闹庆祝。回忆儿时趣事，大使笑弯了眉眼："小时候，我们每年最期盼的就是过生日，因为寿星一定会收到父母发的红包！"

周雅欣大使从母亲身上继承的不仅有对中国文化的认同，更有中国人勤劳坚韧的品格。外交官的生活意味着漂泊不定、四海为家，在工作中随时面临未知挑战。"无论被安排什么工作，我都会努力去完成。'有志者事竟成'是母亲教给我的中国哲学，我现在也把这个道理教给我的孩子们。"周雅欣大使说。

这次来华，周雅欣大使列了长长的"愿望清单"：和家人一起去西安参观秦始皇陵兵马俑、见证"双奥之城"北京又一次惊艳世界。而她最大的心愿，是通过她的故事让更多中国人看到：圭中距离虽远，渊源却深，两国深化合作潜力巨大。

（文/毛莉　吴正丹　原载于《人民日报海外版》
2021 年 12 月 13 日第 8 版）

我在中国当大使

"多水之乡"瀑布飞流

圭亚那位于南美洲东北角，东北濒大西洋、东邻苏里南、西接委内瑞拉、南交巴西，国土面积为 21.5 万平方公里，人口约有 79 万。圭亚那有数不清的自然宝藏，正如圭亚那国歌所唱："亲爱的圭亚那土地，河流浩荡，草原辽阔，阳光雨露滋养着您。您是镶嵌在高山和大海间的宝石。"

圭亚那是自然资源丰富的"聚宝盆"。圭亚那盛产石油、黄金和铝矾土。圭亚那森林面积约为 16.4 万平方公里，木材蕴藏量约 74 亿立方米，且品种过千，尤以紫芯木和绿芯木坚韧耐腐，实属上等的建筑材料。

丰沛的水资源让圭亚那人引以为傲。国名"圭亚那"就是印第安语中的"多水之乡"。圭亚那境内河流纵横，埃塞奎博河、德莫拉拉河、伯比斯河远近闻名。在埃塞奎博河支流波达罗河上，世界单级落差最大的瀑布——凯丘瀑布飞流直下。凯丘瀑布一次落差 250 米，是美加边境尼亚加拉瀑布的 5 倍。雨季来临，瀑布的宽度更可从 80 米扩张到 120 米。远远望去，只见水流下泻，咆哮轰鸣，撞击岩石。

"凯丘"瀑布之名，也源于一个英雄传说。从前，美洲印第安人中有

圭亚那首都乔治敦街景　迪内什·钱德拉帕尔/摄

一位名叫"凯"的部落首领，他曾驾独木舟穿越湍急的瀑布、陡峭的峡谷，只为保护本部落免遭另一部落的毁灭。气势磅礴的自然美景交织着豪迈的英雄传说，让凯丘瀑布闻名遐迩。

　　打卡圭亚那，高山、雨林、江河和瀑布不仅是绝佳探险目的地，更是邂逅许多野生动物的原生态乐园。南美大陆威武的哺乳动物美洲虎、世界最大淡水鱼之一巨骨舌鱼、雨林中强大的空中捕食者角雕……无数巨型动物在圭亚那绵亘的山脉与繁茂的丛林间繁衍生息。这里还有超过900

个品种的鸟类，随着旅游业的发展，圭亚那正成长为一个世界著名观鸟胜地。

　　渴望拥抱自然、热爱野生动物的游客，一定要去圭亚那走走。这个美丽的"多水之乡"正向世界打开大门，以神奇的自然馈赠迎接游客。

（文/吴正丹　王怡雯　原载于《人民日报海外版》

2021 年 12 月 13 日第 8 版）

洪都拉斯

Honduras

我／在／中／国／当／大／使

"我们对深化洪中合作满怀期待"

——访洪都拉斯驻华大使萨尔瓦多·蒙卡达

萨尔瓦多·蒙卡达　陆宁远/摄

作为洪都拉斯著名科学家和药理学家，荣誉等身的萨尔瓦多·蒙卡达如今有了一个令他自豪的新身份：洪都拉斯首任驻华大使。今年9月底，蒙卡达来华履新。"我带着期望而来，可以做的工作很多。我希望增进洪中两国人民友谊，在经贸、科技、文化等领域开展互利共赢的合作。"蒙卡达日前接受采访时表示，"在中国每一天，我都要尽己所能做到最好。将来，我希望写一本讲述驻华经历的回忆录。"

"我见证了中国巨变"

蒙卡达与中国缘分不浅，因为科研工作，他与中国打了多年交道。"当年我在英国一所实验室工作时，那里就有中国学生。20世纪80年代，我第一次来中国，后来我也多次赴华参加学术会议。30多年来，我见证了中国巨变。每次来华，我都几乎认不出曾去过的老地方。"蒙卡达说。

北京、上海、西安……这些都是蒙卡达印象深刻的中国城市。"我去过的每座中国城市我都很喜欢。多年前，我从香港、澳门一路来到广东，那是一段虽然短暂但有趣的旅程。桂林也是个美丽的地方，大家应该去看看。"蒙卡达说，"我还喜欢各种中国美食，中美洲人喜辣，我最爱吃川菜。"

来中国次数越多，蒙卡达对中国经济社会的观察就越深入。"中国人生活水平迅速提高，中国消除了绝对贫困，中等收入群体规模扩大，人们享受着经济社会文化发展的成果。中国书写了成功故事，'全球南方'没有其他国家取得这样的成就。"蒙卡达表示，中国式现代化是人与自然和谐共生的现代化，这让他印象尤为深刻。生态文明建设不仅事关一国发展，更关乎全人类生存，中国正在努力推动绿色发展，这是一条非常重要的道路。同时，中国式现代化也是全体人民共同富裕的现代化，体现了共享发展理念。对包括洪都拉斯在内的"全球南方"国家来说，解决发展不平衡是重要课题，社会必须实现包容性发展，让所有人都能参与发展进程。只有这样，才会让大家都受益。"同为'全球南方'国家，洪中在追求发展方面有很大共同利益。"蒙卡达说。

加速释放建交"红利"

今年 3 月 26 日，中洪建立大使级外交关系。"当时我生活在伦敦，得知有出任驻华大使的机会，我倍感荣幸，很高兴来到中国。"蒙卡达说。

今年 6 月，洪都拉斯总统卡斯特罗访华时，众多洪都拉斯网友在海外社交媒体点赞，表达对加强对华合作的支持。蒙卡达表示："卡斯特罗总统在竞选期间就表态希望与中国建交，这个想法得到了民众普遍支持。洪都拉斯愿与所有国家在相互尊重和平等互利的基础上开展合作。我们对深化洪中合作满怀期待。"

中洪加速释放建交"红利"：9 月，洪都拉斯咖啡已实现对华出口。洪都拉斯白虾、香蕉等特色产品也在建交后的极短时间内完成了相关手续，获准进入中国市场。11 月，洪都拉斯成为第六届中国国际进口博览会主宾国之一，加入进博会"朋友圈"。对两国推进经贸合作的进程，蒙卡达连称"超出预期"。他说，洪中自贸协定已完成前两轮谈判，进展比预期要快，希望早日签署协定。

洪都拉斯

开辟更大合作空间

中洪建交后不久，两国政府就签署了共建"一带一路"谅解备忘录。谈起"一带一路"，蒙卡达感触很深。他说，发展交通基础设施与通信设施至关重要，直接影响一个国家的发展进程。中国经验表明，铁路修到哪里，哪里就会有发展。得益于共建"一带一路"，一些非洲国家的铁路项目已产生积极效果。"一带一路"倡议将对"全球南方"的发展产生重大影响，有利于促进互联互通、提高基础设施建设水平、消除沟通障碍和困难。"'一带一路'倡议有助于创造一个人们更好相互理解的世界。"

在第三届"一带一路"国际合作高峰论坛上，中国宣布了支持高质量共建"一带一路"八项行动，为中洪合作开辟了更大空间。"洪都拉斯对'一带一路'有很多期待。"蒙卡达表示，"我希望'一带一路'倡议给洪都拉斯带来的不仅是物质层面的发展，还有社会、教育、科技等领域的进步。这将提供基础支撑力量，推动洪都拉斯发展达到越来越高的水平。"

在推动中洪合作的广阔天地中，蒙卡达找到了科学家身份与外交官角色的契合点。"我对医学很感兴趣，希望在洪都拉斯提升药物可及性，让大多数人用得上药，我们为此需要付出很大努力。"蒙卡达说，中国在初级卫生保健方面有丰富经验，期待洪中在这方面加强合作。"我来华前与中国驻洪都拉斯大使讨论了洪中卫生健康合作等话题，洪都拉斯农村地区缺医少药，期望中国医疗队在这方面为我们提供帮助。"

（文／毛莉　原载于《人民日报海外版》2023 年 12 月 4 日第 8 版）

中国在我心里有特殊位置

被洪都拉斯总统卡斯特罗任命为首任驻华大使，我深感荣幸。我曾多次访华，中国在我心里有特殊位置。我亲眼见证了中国快速、持续的发展，对中国的钦佩与日俱增。

洪都拉斯和中国建立外交关系，标志着洪都拉斯向一个互联互通和繁荣的世界迈出了重要一步。这符合当今世界潮流，在这个相互联系的世界里，疏远中国就等于自我孤立，这不符合任何国家的利益。

中国凭借成功故事成为"全球南方"国家的希望，过去几十年为解决贫困和不平等等关键问题提供了宝贵经验。在日益多极化的世界中，发展中国家必须团结起来追求共同利益，而不是陷入地缘政治竞争。

必须强调，任何国家都不应被视为任何人的"后院"或"前院"，任何国家都是平等的。当今世界面临着一系列艰巨挑战，需要应对气候变化、核威胁，缩小经济社会发展差距，驾驭人工智能的快速发展等。鉴于这些紧迫的全球关切，各国必须寻求合作，而不是卷入不必要的冲突。

洪都拉斯参与共建"一带一路"，表明我们对完善全球治理体系的热情。洪都拉斯致力于促进全球互联互通和基础设施发展，以造福洪都拉斯和国际社会。我认为，"一带一路"倡议开辟了一条通往共同未来的道路，提供了一个跨越国界、促进可持续发展的合作平台。

我长期从事心血管生理学方面的研究，并与许多著名学术机构保持联系。科学研究生涯培养了我对知识与合作的不懈追求，我将把这些价值观应用到外交工作中。

在这个不断变化的世界，各国都面临着共同的全球挑战。作为洪都拉斯驻华大使，我的职责是在洪中两国间建立更多联系，促进文化和经济等各领域合作。我相信，我们的外交努力将有助于洪中两国的共同发展和繁荣，并增进整个国际社会的福祉。

（文/洪都拉斯驻华大使萨尔瓦多·蒙卡达　原载于《人民日报海外版》2023 年 12 月 4 日第 8 版）

爱读中国历史典籍的大使

对话洪都拉斯驻华大使萨尔瓦多·蒙卡达的经历"很不一般"。今年3月中洪建交的消息一传出,"我在中国当大使"栏目组就密切关注首任洪都拉斯驻华大使的任命。邀约过程出乎意料地顺利,在收到我们采访函当天,蒙卡达大使便欣然应允。由于洪都拉斯驻华大使馆尚未确定永久馆址,采访在蒙卡达大使下榻的宾馆进行。

蒙卡达大使是一位科学家,对心血管药物的研发作出了重要贡献。他和他的团队还研发了治疗疟疾、癫痫、偏头痛等多种疾病的药物。初见蒙卡达大使,他温厚从容的风度给我们留下了深刻印象。

蒙卡达大使跟我们聊科学与外交,也谈历史和文化。他对中国历史文化兴趣浓厚,在中国很多名胜古迹都留下了自己的足迹。"很早我就去西安参观过秦始皇兵马俑博物馆,那时博物馆还在修建中,与今天的场景大不相同。2018年,我来华进行学术交流时参观了故宫,那次旅行给我留下了美好回忆。"蒙卡达大使说。

历史典籍是蒙卡达大使了解中国文化的另一扇窗口。"我读了很多讲中国历史的书，对于有关战略思想的中国历史典籍尤其感兴趣。比如，《孙子兵法》我读了好几遍。"蒙卡达大使说，来华后他有学中文的计划，希望能更好读懂中国典籍。

蒙卡达大使也把体验中国节庆文化列入了"愿望清单"。9月29日，他抵华履新当天恰逢中秋佳节。不过，作为洪都拉斯首任驻华大使，工作千头万绪，异常紧张的日程让他没有时间放松下来享受节日。他希望有时间好好过个春节，"这将是我第一次过中国春节，我肯定会喜欢"。

蒙卡达大使也希望让更多中国人走近洪都拉斯文化。他说，无论从自然风光还是人文风情看，洪都拉斯都是一个美丽的国家。在洪都拉斯，无论走到哪里，都可以看到如画美景。洪都拉斯还有多彩文化，古老的玛雅文明是洪都拉斯文化发展的基础。"我们希望发展旅游业，向中国游客展示洪都拉斯的美丽。"蒙卡达大使说。

（文 / 何泌　原载于《人民日报海外版》2023年12月4日第8版）

中洪携手探秘玛雅文明

洪都拉斯，位于中美洲的一个多山国家，处于太平洋和加勒比海之间，与尼加拉瓜、萨尔瓦多接壤。在丛林环绕的崇山峻岭中，神秘的玛雅文明在洪都拉斯留下深刻印记。

玛雅是世界上唯一诞生于热带丛林的古代文明，留下成千上万座巨型石碑、神庙、宫殿和金字塔供后人猜想。位于洪都拉斯科潘省西部的科潘玛雅古城遗址，就像通往玛雅文明的一条"时空隧道"。

作为玛雅文明中最古老且最大的古城遗址之一，科潘遗址 1980 年被联合国教科文组织列为世界文化遗产。遗址中不仅有金字塔、广场、庙宇、居住区、球场等建筑，还有大量雕刻、石碑，以及象形文字石阶等，对研究玛雅文明十分重要。洪都拉斯驻华大使萨尔瓦多·蒙卡达表示，科潘遗址的许多发现证明了玛雅文明曾经的繁盛，这里是考古研究的绝佳基地，为国际考古合作提供了平台。

在科潘遗址的考古现场，也活跃着中国学者的身影。2015 年 6 月，中国社会科学院考古研究所和洪都拉斯人类学与历史研究所在北京签订共同

洪都拉斯科潘玛雅古城遗址（洪都拉斯驻华大使馆供图）

开展玛雅文明重要城邦科潘遗址考古研究的协议。这是中国在中美洲的第一个考古项目，也是中国考古学家首次在世界其他主要文明的中心地区主持考古项目。

联合考古项目开展以来，一件件精美的陶器、玉器、雕刻抖落千年尘土，在中洪两国考古学家的手中重见天日。很多文物令人印象深刻：贵族院主建筑里有石榻，其上雕刻着月亮神，与中国神话故事巧合的是，月亮神怀中也抱有"玉兔"；出土的雕刻中有龙头雕像，高昂的圆头鼻子和卷曲的嘴边龙须看起来酷似"中国龙"……蒙卡达大使说，洪中科潘遗址考古合作产生了非常积极的影响，让人们看到了玛雅文明与亚洲文明的相似性。洪中考古合作还有很大潜力，他希望尽己所能助推"激活这种潜力"。

中国学者为理解玛雅文明提供新观点新视角，玛雅文明让中国学者深刻感知另一种文明之美，这就是文明交流互鉴的意义所在。随着中洪建交，两国文化遗产保护合作的前景更加可期。

（文／陆宁远　原载于《人民日报海外版》2023年12月4日第8版）

伊朗

Iran

我 / 在 / 中 / 国 / 当 / 大 / 使

"预祝杭州亚运会圆满成功！"

——访伊朗驻华大使穆赫森·巴赫蒂亚尔

伊朗驻华大使穆赫森·巴赫蒂亚尔近照　陆宁远／摄

"伊朗有悠久历史和灿烂文化，很多景点值得反复打卡。伊朗高度重视中国游客，对中国公民实行免签政策，我希望每位到访伊朗的中国游客尽兴。"伊朗驻华大使穆赫森·巴赫蒂亚尔近日接受采访时表示。

今年3月，中国将伊朗列入第二批试点恢复出境团队游国家名单，中国公民赴伊朗游持续升温。巴赫蒂亚尔认为，伊朗游越来越受中国游客欢迎，是伊中关系越来越好的缩影。通过深化旅游等人文交流，两国人民将越走越近。

"非常期待了解杭州"

巴赫蒂亚尔今年6月抵华履新，他与中国的缘分始于15年前。"那时我在伊朗电力部门工作，曾与中国同行合作。中国是伊朗最重要的合作伙伴之一，对伊朗政府和人民都非常重要。"巴赫蒂亚尔说，"今年2月伊朗总统莱希访华，我出任伊朗驻华大使，恰逢落实伊中两国元首共识的绝佳时机，我倍感荣幸，将努力推动伊中深化各领域合作。"

巴赫蒂亚尔加深对中国了解的方式是行万里路。在甘肃，巴赫蒂亚尔走进地处秦巴山区的陇南市康县，这里曾是甘肃58个集中连片特困县之一，而今如画风景成了"宝库"，当地百姓的"钱袋子"越来越鼓。巴赫蒂亚尔说："甘肃有很多美丽乡村，可以说乡乡有看点、村村皆景点，当地老百姓的日子过得很好，让我看到发展乡村旅游业有巨大潜力。"在新疆，参访智能农机公司的见闻让巴赫蒂亚尔印象深刻。他说："当地农业早已用上先进机械设备，通过采棉机大幅提升了采摘效率。不仅农业，新疆各领域发展都很迅速，人民安居乐业，生活条件改善，这是我亲眼所见。"

巴赫蒂亚尔特别期待感受诗画江南。杭州亚运会渐近，巴赫蒂亚尔的行程表早已锁定了杭州。他说，伊朗将派出 500 多人的代表团参加亚运会，希望运动员们再创佳绩，很高兴能到现场加油，也非常期待了解杭州。亚运会是超越体育的盛会，杭州亚运会将深化亚洲文明交流互鉴，促进亚洲团结合作。"一届成功的亚运会将在各国人民心中留下难忘记忆，杭州亚运会从开幕式到主题曲、吉祥物都备受关注，预祝杭州亚运会圆满成功！"

"德黑兰地铁由中企承建"

行走大江南北，巴赫蒂亚尔对分享中国式现代化机遇的愿望更加迫切。作为古丝绸之路上的重要交通枢纽，伊朗将"一带一路"倡议视为实现发展的机遇。巴赫蒂亚尔认为，"一带一路"倡议帮助广大发展中国家共同发展，促进经济增长，减少贫困，这是通过建立互利共赢的关系实现可持续和平的努力。伊朗对第三届"一带一路"国际合作高峰论坛充满期待，愿在共建"一带一路"进程中发挥更大作用，将伊中友好转化为造福两国人民的务实合作成果。

在伊朗人的日常生活中，与中国合作的好处看得见、摸得着。"伊朗首都德黑兰的地铁是由中企承建的，极大方便了市民出行，体验过中国基建便利的伊朗人都说好。"巴赫蒂亚尔介绍，莱希总统访华后，伊中务实合作正在取得更多积极成果。今年 2 月伊中发表的联合声明提出，推动两国电子商务发展和合作。在日前举行的中国国际服务贸易交易会上，伊朗国家馆在中国电商平台上线，搭建了伊朗产品直连中国消费者的新平台。

伊朗

在伊朗驻华大使馆的中国社交媒体账号下，中国网友纷纷留言催上货："我去买点藏红花""一定去买买买""多上伊朗特色美食"……这让巴赫蒂亚尔信心倍增，他希望推动更多伊朗特色产品直接进入中国消费者的"购物车"。

中国国际进口博览会是伊朗展商深耕中国市场的又一个重要平台。巴赫蒂亚尔说，伊朗把进博会视为最重要的国际展会之一，今年将派出规模空前的代表团参展，不仅设立国家馆，伊朗企业也将积极参加企业商业展，农业、消费品、医药保健等各领域的伊朗企业将展示特色产品。"伊朗正在寻求对华出口产品更多元，伊朗开心果、藏红花、无花果干等对华出口在继续增长，甜柠檬、蜂蜜、柑橘类水果、水产品、乳制品等农产品也已获准进入中国市场。"巴赫蒂亚尔说。

"继续支持'一带一路'倡议"

今年3月，一则重磅消息在全球媒体"刷屏"：伊朗和沙特北京对话取得重大成果，双方同意恢复外交关系。回顾这个历史性时刻，巴赫蒂亚尔表示，与某些国家在中东煽动阵营对抗、制造地区冲突不同，中国始终在中东发挥建设性作用，助力中东地区实现和平稳定与安全。

今年，伊朗正式成为上海合作组织成员国，并获邀加入金砖合作机制，引发国际社会广泛关注。"我们高度赞赏并感谢中方支持伊朗成为上合组织与金砖成员。"巴赫蒂亚尔表示，上合组织与金砖机制为成员国深化合作提供了宝贵机会。上合组织推动成员国在工业、交通、能源、旅游、贸易、环境等各领域扩大合作，伊方愿同中方加强在上合组织内的协调配合。伊朗加入金砖，为伊中关系发展提供了新动能，有利于两国在多边平台加强合作。

巴赫蒂亚尔认为，伊中两国在当前国际和地区问题上立场相近或相同，都认为和平与稳定是世界发展与繁荣的先决条件，主张各国都有权选择自己的政治、经济、社会发展道路。"作为负责任大国，中国积极推动国际合作，为世界和平与发展作出重要贡献。伊朗一贯支持并将继续支持中方提出的'一带一路'倡议、全球发展倡议、全球安全倡议、全球文明倡议。"巴赫蒂亚尔表示。

（文/毛莉　原载于《人民日报海外版》2023 年 9 月 18 日第 8 版）

新疆的发展变化令人惊叹

应中国外交部邀请，我和多国驻华使节日前赴中国新疆参访，先后前往新疆的喀什、阿克苏、乌鲁木齐三地。通过此访，我更深入了解到美丽新疆的发展成就。近10年来，新疆的发展变化令人惊叹，商业、交通、农牧业、工业、贸易、科技、能源、文化等各领域的基础设施建设成效显著。

谈到古丝绸之路，以及伊朗与中国之间深厚的历史联系，就不能不提新疆。新疆是中国向西开放的门户，新疆许多文化古迹证明了伊中两国人民友好源远流长。今天，"一带一路"倡议让古丝绸之路重现昔日辉煌。中国连接中亚、西亚、欧洲的很多铁路和公路都经过新疆。

伊朗很早就看到"一带一路"倡议的光明前景，2016年与中国签署了共同推进"一带一路"建设谅解备忘录。这一倡议使伊朗与中国合作更紧密。伊朗曾是连接东西方的重要枢纽，目前伊朗正在寻求恢复这一作用，希望与中国进一步扩大在经济、贸易、农业、铁路、旅游、文化等各领域的合作。

伊朗霍拉桑拉扎维省与新疆已缔结友好省区关系，霍拉桑拉扎维不仅有丰富的历史文化遗产，还是伊朗经济最活跃的省份之一。通过建立科技园、吸引外资、发展矿业、改善营商环境等措施，霍拉桑拉扎维不断推动经济增长。伊朗愿继续推动霍拉桑拉扎维与新疆的友好合作。

特别值得一提的是，伊朗已正式成为上海合作组织成员国。上合组织为成员国在过境运输、反恐、能源、经贸、人文等诸多领域开展务实合作提供了宝贵机遇。新疆有独特区位优势，在上合组织框架下，伊朗地方省市与新疆的合作也将打开新空间。

（文 / 伊朗驻华大使穆赫森·巴赫蒂亚尔　原载于《人民日报海外版》2023 年 9 月 18 日第 8 版）

· 采访手记 ·

大使推介波斯地毯

　　波斯地毯是极具代表性的伊朗名片，有 2500 多年历史的地毯编织艺术承载着伊朗人对美的想象与憧憬。当"我在中国当大使"栏目组走进伊朗驻华大使馆，立刻被一块几乎铺满整个大厅的圆形地毯吸引。这块地毯直径有六七米，以"波斯红"为底色，状若水滴的花纹如涟漪般一圈圈扩散开去，融汇于由繁花纹样勾勒的大圆环之中。整块地毯的图案设计与大厅高高穹顶上的花纹形成呼应，彰显对称的庄重之美。伊朗驻华大使穆赫森·巴赫蒂亚尔介绍，制作这样一块地毯需要 20 多名熟练技工花费 2 年多时间。

　　除了这块"镇馆之毯"，使馆里还有大大小小近 50 块地毯，宛如一座"地毯博物馆"。同时，墙上还装裱着华丽的细密画挂毯，细密画线条纤细如丝、色彩鲜艳饱满、画风精细繁复，2020 年被列入联合国教科文组织人类非物质文化遗产代表作名录。独具匠心的伊朗手艺人把细密画"织"进挂毯，主题包罗万象，既有花木鸟兽，也有历史故事、英雄传奇。巴赫蒂亚尔大使说，对伊朗人而言，地毯不仅是家家户户必不可少的家居用品，也是艺术的创造、文化的传承、历史的见证。"我每天的一大享受就是在挂毯前站一站、看一看。"他说。

很多到伊朗的中国游客希望带一块纯手工波斯地毯回家，在令人眼花缭乱的各类地毯中如何选择最合适的一款？巴赫蒂亚尔大使通过我们的镜头分享地毯选购攻略。他一边翻开一块地毯背面，一边介绍："通过'打结'数可以判断一块地毯的细密程度，结打得越多越精细。为方便携带，可以挑选轻便的小块地毯或丝绸地毯。丝毯虽价格不菲，但很有意义，象征着伊中两国人民通过古丝绸之路友好往来的悠久历史。"

伊朗数千年文明孕育的文化瑰宝不仅是波斯地毯，在使馆里，波斯蓝米娜盘、绿松石黄铜摆件、多彩琉璃灯等手工艺品琳琅满目。巴赫蒂亚尔大使说，伊朗是一个美丽的国家，希望通过特色手工艺品让更多中国朋友发现伊朗之美。

（文／武慧敏　原载于《人民日报海外版》2023年9月18日第8版）

我在中国当大使

探秘古城遗址　感受历史沉淀

　　去伊朗一定要看看波斯波利斯古城遗址。波斯波利斯始建于公元前约518年。主要建筑包括万国门、觐见厅、百柱宫、阿帕达纳宫、薛西斯宫殿、书房、金库等，整个宫殿建筑群历经3个朝代才得以完成。这座显赫一时、规模宏大的王城后来在希腊马其顿王亚历山大东征时被烧毁。虽遭焚毁，又历经千年风雨侵蚀，但如今依然高柱林立、巨石横卧。1979年，波斯波利斯被联合国教科文组织列入世界文化遗产名录。联合国教科文组织评价说，波斯波利斯古城遗址提供了许多关于古代波斯文明的珍贵资料，具有重要考古价值。

　　距伊朗首都德黑兰400多公里的伊斯法罕也是一座历史文化名城。16世纪到18世纪初，伊斯法罕处于全盛期，商贾云集，八方宾客会聚。在伊斯法罕的众多文化遗址中，横跨扎因达鲁德河的33孔桥尤为著名。桥分上下两层，下层由33个半圆形桥洞构成，桥洞在清澈河水中的倒影，与桥洞本身形成33个整齐划一、浑然闭合的圆孔，故而得名。穿越数百年，33孔桥以其独有的浪漫散发恒久魅力。每当夜幕降临，桥上橘黄色的灯光

伊朗波斯波利斯遗址一角（伊朗驻华大使馆供图）

亮起，整座桥与水面倒影相映成趣，把人带入如梦如幻的诗境。对当地人
而言，33孔桥不仅是名胜古迹、城市地标，也是日常生活中休闲的好去处。
年轻人三三两两聊天谈心、一家老小围坐野餐，人来人往的33孔桥让人
感受到文化遗产今天依然"活"在伊朗人生活里。

　　文明底蕴刻在数不胜数的文物古迹中，也写进代代相传的诗歌里。"请
坐在这溪流岸边，看看这生命的浪花飞舞。对这转瞬即逝的世界，看上一
眼，我就心满意足。"这两句诗出自14世纪伊朗著名诗人哈菲兹笔下，被

吟诵至今。哈菲兹的诗激情四溢、语言隽永、律动优美，是波斯古典诗歌的一个高峰，《哈菲兹诗集》成为伊朗再版次数最多、发行量最大的文学作品。每逢传统节日，伊朗人有全家围坐聊天读诗的习俗。而所读的诗歌，一定是哈菲兹的诗。这位 700 多年前的波斯诗人，以如此独特的方式继续"活"在伊朗人心中。

探秘波斯波利斯、漫步伊斯法罕、走近哈菲兹……到访伊朗的游客会被历史沉淀打动。有网友感叹，"去一趟伊朗，你的朋友圈将会惊艳很多人"。

（文 / 陆宁远　原载于《人民日报海外版》2023 年
9 月 18 日第 8 版）

老挝

Laos

我/在/中/国/当/大/使

"热烈祝贺中国"

——访老挝驻华大使坎葆·恩塔万

老挝驻华大使坎葆·恩塔万近照　季星兆／摄

"老挝有很多中国餐馆,来中国当大使前我就学会了做麻婆豆腐。"老挝驻华大使坎葆·恩塔万近日在接受人民日报海外网采访时说。这番拉家常的话,折射出她与中国的缘分。

自坎葆 2004 年首次访华以来,中国就在她的外交官生涯中占据了重要位置。作为一名长期与中国打交道的资深外交官,坎葆亲历了两个社会主义邻邦之间特殊情谊的不断加深,"我很高兴能在老中关系的最好时期被任命为驻华大使,有机会见证老中命运共同体开花结果"。

老挝语中有潮汕方言

虽然坎葆到中国当大使不足一年,但对她和很多老挝人来说,老挝与中国从来就是山水相连的好邻居。谈起两国地缘相近、人缘相亲,坎葆说,在老挝生活着不少中国人,从广东一带移居来的中国人带来了他们的文化和语言,如今老挝语中还有一些潮汕方言,《三国演义》《包青天》等中国电视剧在老挝经久不衰。

中国元素早已融入坎葆的日常生活中,她爱吃中国美食、爱看中国功夫、爱赏中国美景、爱交中国朋友。与中国打交道近 20 年里,坎葆踏遍中国大江南北。宏伟的莫高窟让她看到中华文化海纳百川的胸襟;西双版纳泼水节让她找到和老挝文化相通的亲近感;南宁的"六七"学校旧址让她追忆在艰难时刻中国向老挝伸出援手。

"六七"学校是中国无偿援助老挝在南宁建设的一所老挝干部子弟学校，因中老双方于 1967 年确定创办该校而得名。从 1968 年办校教学到 1976 年迁回老挝国内，"六七"学校的老挝师生累计逾 1000 人。"在老挝饱受战火之苦时，'六七'学校为老挝培养人才提供了巨大支持。今天，很多'六七'学校校友已进入老挝各行各业。"坎葆说。

坎葆介绍，"六七"学校承载的两国教育交流合作传统生生不息。"中国为老挝培养了大量人才，老挝十分珍视和感激中国的教育支持。"她说，中国政府每年都向老挝学生提供奖学金，尤其是 2019 年，老挝成为东盟各国中获得中国政府奖学金最多的国家，目前在华留学生有上万名。

感谢中国帮助老挝抗疫

中老之间兄弟同志般的合作互助关系，在抗击新冠疫情过程中得到进一步升华。无论是疫情防控，还是疫后复苏，坎葆见证了两国关系的"抵疫前行"。

中国抗疫期间，老挝作为人口不到 700 万、经济总量不到 200 亿美元的国家，向中国捐赠 70 万美元现金和多批防疫物资，付出了真心、使出了全力；当老挝宣布首度确诊病例并请求中方援助不到 5 天，中国抗疫医疗专家组携带大批医疗物资飞赴老挝首都万象；今年 2 月，在中老双方共同倡议下，中国—东盟关于新冠肺炎问题特别外长会议在万象举行，率先发出地区国家携手抗疫的有力信号……中老守望相助，携手走出了抗疫的最艰难时刻。

"在中国共产党的团结带领下，中国抗疫取得了令人敬佩的成功。"回望这场抗疫斗争，坎葆表示，"上下同心"是中国抗疫成功的秘诀。在中国抗疫斗争中，中国共产党和中国政府坚持生命至上、人民至上，医务工作者、志愿者、党员和千千万万普通中国人表现出了大无畏的奉献精神。中国不仅成功控制住了国内疫情，还为推动国际抗疫合作付出了巨大努力。"中国的帮助对老挝抗疫至关重要。在地区和国际层面，中国为全球公共卫生事业发展作出了重要贡献。"

中老还携手促进疫后复苏和经济发展。中国连续多年成为老挝第二大贸易伙伴和第一大外资来源国，今年上半年中国对老挝直接投资更是逆势上扬。寄托着老挝人民"陆锁国变陆联国"梦想的中老铁路，是两国务实合作的旗舰项目，也是两国共同推动经济复苏努力的见证。

特殊时期，既要不误中老铁路 2021 年通车的工期，又要做好疫情防控，难度可想而知。"我们找到了最合适的方法，双方协商增派了医疗专家和工人确保项目加速推进，目前完成度已超过 90%。"坎葆说，不仅中老铁路，万象—万荣高速公路、万象赛色塔综合开发区等项目也在稳步推进。这些重大项目是老中友谊的象征，将增强老挝与中国及地区的贸易、投资和旅游合作，并为老挝创造就业。

为中国的发展自豪

历史和现实一次次证明，中老是好邻居、好朋友、好同志、好伙伴，更是命运共同体。2019 年签署的构建中老命运共同体行动计划，是中国首份以党的名义签署的构建人类命运共同体双边合作文件。正因为中老两国唇齿相依、命运与共，坎葆用"自己人"的眼光看待中国的发展，为中国前进的每一步"自豪"。

来中国这一年里，坎葆赶上了中国不少大事。头一件，就是在天安门广场参加庆祝新中国成立 70 周年的盛大庆典。"看到中国经济社会发展的巨大成就和强大的军队，我感到非常自豪。"坎葆说，中国正在走向世界舞台中央，相信中国将如期实现全面建成小康社会的目标。

今年 6 月 23 日，中国北斗三号系统最后一颗全球组网卫星发射成功，是中国航天事业发展的又一件大事。卫星发射当天，坎葆和很多中国人一样守候在电视机前，见证了中国迈向航天强国的历史性一步。"热烈祝贺中国！"坎葆认为，北斗三号系统是中国攀登科技高峰的重要里程碑，是为全球公共服务基础设施建设作出的重大贡献，也是中国特色社会主义的又一项伟大成就。

在坎葆看来，北斗三号系统完成全球组网，预示着老中未来在卫星发展方面更广阔的合作空间。两国在卫星领域已经打下了良好合作基础，2015 年在中国西昌卫星发射中心成功发射的"老挝一号"卫星，是中国首个向东盟国家整星出口的商业卫星。2016 年，随着首个定位服务单基站在万象建成并通过技术测试，北斗服务正式落地老挝。经过数年发展，北斗系统已经在老挝社会多领域实现应用。

智慧城市、智慧农业、智慧交通……在强大的卫星系统支撑下，坎葆对老挝未来生活的现代化充满憧憬。她说，目前中国企业正在参与老挝磨丁经济特区智慧城市建设，"现在老挝年轻人也很流行网上点外卖、购物，智慧城市意味着老挝人的生活会越来越便利"。

（文/毛莉 任天择 原载于《人民日报海外版》
2020 年 9 月 14 日第 8 版）

大使请吃"饭"

"我在中国当大使"栏目组近日走进毗邻北京三里屯的老挝驻华大使馆。与摩登时尚的商业街一街之隔，使馆院落古朴清新。使馆门前，两棵石榴树已硕果累累。

进入使馆主楼，一幅悬挂于走廊左侧的老挝国花"鸡蛋花"画作清新淡雅。居中放置的玻璃展示柜中，几尊大象木雕和身着民族服饰的人偶，让人一窥这个有"万象之邦"美称国度的多彩文化。

老挝驻华大使坎葆·恩塔万的亮相，更让人眼前一亮。剪裁利落的深灰色西服上衣搭配绛紫色老挝传统裙装，大使身上既有职业外交官的干练，又有女性特有的温柔。当起老挝文化的"推荐官"来，坎葆大使轻车熟路。她随手从茶几上拿起的竹编小提篮，就是老挝文化的典型代表。

中国人和老挝人都爱吃米饭，老挝大米味道有何不同？坎葆大使盛情邀请我们尝一尝，她揭开小巧精致的竹盖，里面是一小筐晶莹饱满的白米饭，"把煮好的米饭放在小提篮里保温效果很好"。按照老挝习俗，米饭应该直接手抓食用。怕我们不习惯，坎葆大使还贴心准备了筷子。不过，品尝原汁原味的老挝米饭，自然要入乡随俗地直接"上手"才地道。弹牙软糯、入口清香，老挝大米果然不一般，简简单单的白米饭就能让人有大快朵颐之感。

谈起老挝大米的"不一般"，不仅坎葆大使一脸骄傲，现场的使馆工作人员也七嘴八舌"推销"起来。有的说，老挝大米有上千个品种；有的说，老挝人的一天必须从一篮白米饭开始；有的说，在老挝人的宴会上，装米饭的小提篮会换成一人高的大竹筐。

这份独特的老挝味道引发的热议，从线下延伸到了线上。采访当天，我们以《老挝驻华大使请你吃"饭"》为题发布的短视频，在网上引来网友"围观"："好可爱的小篓子""忍不住想吃里面的米饭""和我们的东北大米比一比"……

（文/吴正丹　原载于《人民日报海外版》2020年9月14日第8版）

我在中国当大使

与神奇老挝的亲密接触

热情友善的老挝人民、金碧辉煌的万象塔銮、风光旖旎的湄公河畔……到过老挝的游客，总有许多美好的"记忆点"。

湄公河对于老挝这个内陆国家意义重大。首都万象、千年古城琅勃拉邦、商贸重镇沙湾拿吉……老挝许多重要城市都分布于湄公河畔。万象与泰国的廊开府隔湄公河相望，这让老挝成了世界上少数几个将首都设立于国界附近的国家之一。不同于中文字面意义，万象与"象"并没有直接联系，在老挝语中的含义是"檀木之城"，据传因此地过去生长茂密的檀木树林而得名。

位于湄公河与南康江汇合处的琅勃拉邦，是一座历史悠久的古老城市。这里曾是老挝很多朝代的都城所在地，如今更成为老挝历史和文化的象征。鳞次栉比的古建筑、精美的壁画、有亚洲最美寺庙之称的香通寺……与琅勃拉邦一景一物的邂逅，都是与老挝历史的一次次亲密接触。每当夕阳西下，日落洒下的金色光芒与湄公河交相辉映，灿烂耀眼的红霞醉倒在青山之中，这份宁静平和是琅勃拉邦给予疲惫旅人的心灵抚慰。

光西瀑布　西蒙·费舍尔／摄

　　除了金碧辉煌的宫殿、神秘肃穆的佛寺，老挝一半山一半水的独特地貌造就的石灰岩溶洞、湍流而下的飞瀑，也成为吸引各国游客前来探险的"世外桃源"。从老挝与越南边界高山发源的河水在老挝境内潜藏于地下，塑造了千奇百怪的喀斯特地貌。勘探显示，老挝色帮发洞是世界上最大的河流穿行的溶洞之一。位于老挝和柬埔寨边界的孔恩瀑布，是世界上流量最大的瀑布。游人远远就能听见震耳欲聋的浪涛声，沿着河畔前行，只见陡峭的岩石耸立在河水中，瀑布一泻千里，恢宏壮观。

　　作为"万象之邦"，大象也是老挝的象征符号。在老挝沙耶武里省，一年一度的大象节吸引各国游客前来观览。这个节日不仅让人们有机会亲近大象，更让人们了解为保护大象所作出的努力。说起大象保护，在中老边境建立的跨境生物多样性联合保护区域值得关注。中老双方经常进行合作交流，开展联合巡护等工作，经过多年联合保护，已经形成了一条跨境生物多样性保护绿色生态走廊。在这条走廊上，大象这群两国特殊的"边民"自由跨境"旅游"，尽享与人类共存的和谐。

　　（文 / 吴正丹　原载于《人民日报海外版》2020 年
9 月 14 日第 8 版）

黎巴嫩

Lebanon

我 / 在 / 中 / 国 / 当 / 大 / 使

"感受到了中国人的热情好客"

——访黎巴嫩驻华大使米莉亚·贾布尔

黎巴嫩驻华大使米莉亚·贾布尔近照　付勇超／摄

> 黎巴嫩是世界上文明最为多元化的国度之一，也是中东地缘政治与冲突的交汇点。从地中海之滨到太平洋西岸，丝绸之路连接起两个古老文明。近日，黎巴嫩驻华大使米莉亚·贾布尔接受人民日报海外网专访时表示，黎中两国友好交往历史悠久，建交近50年来双方人文交流合作不断深化，特别是在新冠疫情等特殊时期相互伸出的援手，都将有力推动两国关系持续向前发展。

"特殊时期伸出援手"

8月4日黎巴嫩首都贝鲁特港口附近的一声巨响，令这座被称为"中东小巴黎"的城市遭遇重创。爆炸事故发生后，中国政府向黎巴嫩政府提供了100万美元现汇和医疗物资等援助。"中国在第一时间伸出了援助之手，这让我非常感动。"贾布尔说，除了政府层面的合作之外，中国公众的自发行动也让她感动，一些中国人前往黎巴嫩驻华大使馆献花悼念爆炸事件中的死难者，还有不少人积极捐款，表达对黎巴嫩人民的支持。贾布尔认为，中国朋友的这些善举将助力进一步巩固黎中传统友谊。目前，两国正在商讨未来受爆炸影响地区的重建事宜。"中国有句古话叫凤凰涅槃，在中国等国家的帮助之下，相信我们会像凤凰一样在涅槃中重生。"贾布尔说。

除了贝鲁特灾后重建，今年共同抗击疫情的特殊经历，同样让中黎两国人民患难见真情。1月以来，贾布尔一直待在中国工作，见证了留在武汉的黎巴嫩人与武汉人民如何共克时艰，"不少中国人为身处武汉的黎巴嫩人提供了帮助，特殊时期伸出的援手让我难忘。"

而在另一端，不少黎巴嫩民众雪中送炭，在中国抗疫时期隔空支援武汉。今年2月，来自黎巴嫩大学的师生拍了一段视频祝福武汉，视频中，20名黎巴嫩师生齐声高喊："中国加油，武汉加油，武汉一定不孤单！中国，我们永远和你在一起！我爱你，中国！"

"学汉语人数远超预期"

2017年底，贾布尔出任黎巴嫩驻华大使。两年多时间里，她去过中国很多地方，上海和西安是她最喜欢的中国城市。在她看来，上海代表了中国城市国际化和现代化的一面，西安则将历史和现代融为一体，既能看到历史的厚重痕迹，也能展望城市发展的未来。"中国是个很美的国家！"贾布尔说，"我们看到中国美丽的山水，了解中国人的日常生活方式，也感受到了中国人的热情好客。"

沿着古老的丝绸之路，中国与黎巴嫩之间的人文交流可以追溯到2000多年前。由于地处亚非欧三洲交汇处，黎巴嫩自古以来就是丝绸之路上的重要节点。中世纪时，阿拉伯人将东方的香料等商品运到这里，然后由威尼斯商人运往欧洲。

1971年中黎建交后，两国文化交流取得了更进一步发展。2006年11月10日，黎巴嫩圣约瑟夫大学孔子学院正式成立，这也是中国在阿拉伯国家设立的首个孔子学院，表明中国十分重视扩大与阿拉伯国家、特别是黎巴嫩的教育和文化交流，也凸显出黎巴嫩作为不同文明交汇之处以及连接几大洲纽带的作用。"一开始我们只是想招募学生学习汉语。"贾布尔回忆，"但是很快我们发现，不仅是学生来报名，包括商人、专家等许多社会各界人士都希望来学习汉语，最后，报名学习汉语的人数远超预期。"

如今，中黎两国人文交流被赋予更多内涵。2020 年 5 月 27 日，中黎在贝鲁特签署两国关于互设文化中心的协定，两国将分别在贝鲁特和北京设立文化中心，为双方人文交流、文明互鉴提供更加宽广的平台。"我们希望可以通过这个文化中心更好地向中国人民介绍黎巴嫩文化。"贾布尔表示，"黎巴嫩有美食、有非常知名的电影，我们希望把这一切都展示给中国民众。"

"在中国成了'网购迷'"

由于独特的地理位置和历史因素，黎巴嫩长久以来便是中东的金融中心。早在中黎两国建交之前，两国金融业之间便已经有了诸多合作。2018 年，中国国家开发银行与埃及国民银行、黎巴嫩法兰萨银行、摩洛哥外贸银行、阿联酋阿布扎比第一银行等具有区域代表性和影响力的阿拉伯国家银行一起，宣布成立中国－阿拉伯银行联合体。这一多边金融合作机制的成立，在中国与阿拉伯国家之间建立了长期稳定、互利共赢的金融合作关系，也为促进中阿全方位、多领域务实合作提供了重要支撑。

在中国工作和生活的这两年多，也让贾布尔本人"成了一个'网购迷'"。"中国的一切都可以通过网络进行，这很方便。"贾布尔也直言，一些网购 App 的全中文使用场景还是让她感到有些犯难，"但这并不影响我在中国喜欢线上支付，只不过经常需要请别人帮忙下单。"

在贾布尔看来，黎中两国在金融领域还有很多经验可以共享，比如，黎巴嫩可以向中国学习如何发展电子银行和网络支付。她认为，对黎巴嫩乃至整个阿拉伯地区的金融业包括银行业来说，发展互联网金融业务将是至关重要的一步，而中国在这一领域是全世界最先进的国家。贾布尔期待，通过发展网络支付业务，未来可以鼓励更多中国游客来黎巴嫩旅游，"等疫情结束，欢迎中国朋友来黎巴嫩看看"。

（文/聂舒翼　原载于《人民日报海外版》2020年
10月19日第8版）

使馆里"藏"着中国风

挺拔的雪松、气势恢宏的巴尔贝克神庙、古典与现代交融的贝鲁特城……地处亚洲西端、地中海东岸的黎巴嫩以其独特的文明特质成为中东地区一颗闪亮的明珠，吸引着全世界的目光。由于相距甚远，不少中国人对黎巴嫩不甚了解。带着这份好奇，"我在中国当大使"栏目组近日走进黎巴嫩驻华大使馆。

使馆大门左手边的一艘"大船"引起了栏目组的注意，木质，通身灰黄色，船体呈倒 C 型，配有一根很高的桅杆。使馆工作人员介绍说，这是2018 年上海进博会时黎巴嫩带来的展品，由黎巴嫩雪松制成。雪松是黎巴嫩的国家标志，也是贯穿地区历史的文化因子。由于木质坚硬、纹路细密、抗腐性强，黎巴嫩雪松不仅被腓尼基人用来制造船舰，古埃及、亚述等地的宫殿神庙也能看到它的身影。听着使馆工作人员的介绍，看着船身上斑驳的时光痕迹，我们充分感受到这个中东国度的文化特色。

步入使馆正厅，刚才的异域感很快消失，取而代之的是惊讶：厅内清一色的中式家具，明清风格的瓷器，琳琅满目的书画作品，造型各异的摆件，盆栽、屏风、楹联……随处可见的中国元素体现出主人对中国文化的喜爱。黎巴嫩驻华大使米莉亚·贾布尔介绍说，上一任大使是一位艺术家，非常喜欢中国文化，特意打造了使馆内部的中国风。她自己对此非常满意，并表示将继续致力于推动两国在文化层面的交往。

"同中国一样，黎巴嫩也是一个历史悠久的国家。"贾布尔大使说，尽管中国人民对黎巴嫩文化并不十分熟悉，但是黎巴嫩的艺术作品已经走进了不少中国博物馆，"我们正在努力扩大自己在中国的文化影响力。"贾布尔还特别提到了在中国广受好评的黎巴嫩电影《何以为家》，她希望能有更多黎巴嫩电影被中国观众看到，"每当我们想进一步改善国家形象的时候，总是会被一些不好的事情给打乱节奏"。她由衷希望中国朋友们能够看到黎巴嫩更加美好的一面。

（文/张六陆　原载于《人民日报海外版》2020 年
10 月 19 日第 8 版）

我
在
中
国
当
大
使

徒步黎巴嫩山区看大自然的画卷

　　一谈起中东地区，首先映入脑海的多半是荒漠沙海——几头骆驼驮着来探秘的旅客，穿梭于沙漠之间。然而位于中东地区最西边、地中海东岸的黎巴嫩似乎独受上天的眷顾，与烈日和风沙作伴的其他地区不同，这里有翠绿静谧的山谷、直耸入云的山峦，宛如一片世外桃源。在黎巴嫩蜿蜒曲折的山谷幽径中，游客的身影远不如城中热闹，也正是这份幽静，成为不少想在自然中放松身心的游客们出行的首选地。

　　黎巴嫩山区步行道长达 470 公里，贯穿整个国家，从地中海边的橄榄园再到迎接第一缕朝霞的雪松林，黎巴嫩的各色风土人情全藏于沿途的村庄之中。如此漫长的步行道，全靠一双登山靴显然不够，若是没有合适的代步工具，想要全程探悉黎巴嫩山林的奥秘有些困难。租借一辆适合山路的汽车，既可以帮助旅客在村庄间快速移动，同时又不遗漏沿途风景。人力腿脚和燃油代步的合作下，黎巴嫩自然风景近在咫尺之间。

　　游客探寻黎巴嫩的自然风光，一般会把卡迪莎山谷当作第一站。"卡迪莎"意为"神圣、圣洁"，所以卡迪莎山谷也被称为"圣谷"。在山谷中，

黎巴嫩首都贝鲁特街景　拉米·卡巴兰／摄

灰黄的峭壁有柏树和橡木的绿色加以点缀，村庄房屋的红瓦在层叠的绿色树林中若隐若现，而山谷中的各色果园则为山谷增添了别样的颜色。即便是在冬日，卡迪莎山谷也绝不会被单一的白雪所覆盖，总有不受拘束的色彩倔强地从一片白茫茫中挣脱出来，在冬日暖阳中呈现出别样的光辉。

　　游览完卡迪莎山谷，位于不远处的巴沙里神雪松森林则是下一站。雪松，是黎巴嫩历史的见证者，是黎巴嫩的象征。早在4500年前，雪松就出现在诸多历史记录之中，善于航海的腓尼基人将雪松送到地中海地区的各个角落，无论是古埃及法老的船只还是古罗马皇帝的宝座，无不见到雪松的身影。若是细细地闻，黎巴嫩雪松还散发出淡淡清香。在古代文明中，雪松一度被奉为"神木"，唯有高官显贵才能用上雪松以彰显自身地位。雪松林与卡迪莎山谷皆被联合国教科文组织列入世界遗产名录。漫步于丛林间，伴着雪松的清香，感受跨越千年的自然风光，世间此景唯有此处可寻。

在众多徒步路线中，有一个叫"地狱山谷"的地方。或许是因为名字有些恐怖，少有人愿意前往。然而稍微有些胆量的游客会发现，地狱山谷的景色令人惊叹，甚至让人怀疑为其命名的先人是为独览美色而有意为之。谷中河流终年积冰，橡树柏木相伴左右，一幅奇美的山间画卷在此展开。而谷外幽深的峡谷，与陡峭的悬崖形成一道天然拱门，似乎想以其险峻的外表"劝退"想要进谷一探究竟的背包客。不少游客在游览完地狱山谷之后，会发出与其名字相反的赞叹——"美得像是天堂一样！"

黎巴嫩的自然美色远不止于此，山、水、树木、村庄……人与自然之间和谐共处的完美乐章在这里奏响，若是想领略更多黎巴嫩自然风景，还请亲身前往一探究竟。

（文/陆宁远　原载于《人民日报海外版》2020 年10 月 19 日第 8 版）

马里

Mali

我／在／中／国／当／大／使

"第一次来中国就爱上北京烤鸭"

——访马里驻华大使迪迪埃·达科

马里驻华大使迪迪埃·达科近照　付勇超／摄

"2006年我第一次来中国就爱上北京烤鸭。担任驻华大使后，我去过中国很多城市，品尝各地美食，又喜欢上了绍兴臭豆腐。"马里驻华大使迪迪埃·达科日前在接受人民日报海外网采访时津津乐道他在中国的寻味之旅。

对达科来说，在最有烟火气的市井里，藏着中国人最真实的生活。"马中建交60余年来已经发展了牢不可破的合作关系，我们还须从社会文化层面加强相互了解，更好地促进两国关系。"达科说。

"针灸疗效有口皆碑"

达科对中国的最初印象，来自"中国医生"。"我从小就知道，生病了要去看中国医生。"达科说，从20世纪60年代开始，一批批中国医疗队员漂洋过海，为马里人送去健康。"一批中国医疗队员在马里1年半的任期结束后，下一批就会接上，50多年来援马中国医疗队伍越来越庞大。"

2011年9月，中国援建的马里医院正式落成并对外接诊，这是两国医疗卫生合作史上一件大事。马里医院是中国援非首家综合性医院，也是中国援马医疗队定点门诊医院。医院交通便利、收费低廉，吸引了马里各地的患者前来就诊。2019年12月，天津市在马里首都巴马科设立全球首个中医技术鲁班工坊，马中传统医药合作迈出重要一步。"提到中医就会想到绿色天然，马里医院的中医科深受欢迎，针灸疗效有口皆碑。马中在传统医学方面的合作大有可为。"达科说。

新冠疫情更加凸显了两国深化医疗卫生合作的重要性。当疫情在马里蔓延，中国医疗队支援马里抗疫一线，浙江省人民医院还与马里医院形成对口医院合作机制，推动抗疫经验分享、远程会诊、药械援助等多方面合作。"中国对提升马里医疗卫生系统的抗疫能力提供了很多帮助。"达科表示，"我们希望能和中国更多医院建立对口合作关系。"

"中国茶叶广受欢迎"

达科说，中国援建的巴马科大学卡巴拉校区在马里家喻户晓，新校区大幅提升了学校的硬件水平，"马里人尤其是马里大学生非常喜欢这个新校区"。

马里教育发展史上留下的中国印记远不止于此。自 20 世纪 60 年代至今，中国政府提供的奖学金已帮助数千名马里学生实现来华留学梦。"目前在华留学的马里学生大多得到了中国政府奖学金支持，他们有的学习中文，有的学习国际贸易，更多人在学习理工科。"达科说，"与中国合作对马里教育产生了深远影响。"

马里留学生架起两国民心相通的桥梁。达科十分珍视人文纽带。"两国人民间的文化共鸣非常重要。"达科举例说，马里和中国都有独特的茶文化。在马里，茶不是简单的饮品，它还包含着社交"密码"——人们用加糖的茶代表对贵客的欢迎。中国茶种类繁多，马里人爱喝的绿珠茶主要进口自中国浙江和安徽，"中国茶叶广受欢迎"。

不仅茶文化，达科还从绘画、木雕、音乐、舞蹈等诸多领域看到了两国深化合作的无限可能。在采访中，达科特意播放了一曲他在云南昆明听到的中国少数民族音乐。"如果马里人听到这段音乐，他们会以为这来自马里！"达科说，演奏此曲的中国艺术家或许并不知道，在遥远的马里也有类似音乐，如果能让两国艺术家相互交流会非常奇妙。

"非中合作成果丰硕"

两国的紧密合作让马里人对中国更有亲近感。作为中国的"老朋友"，马里为中国的发展成就感到高兴。达科表示，纵览全球，国家间关系起起落落是常事，但马中关系从 20 世纪 60 年代起就一直保持稳定，没有任何波动能影响马中友谊。

达科非常高兴在驻华期间赶上了中国共产党成立 100 周年这件大喜事。"中共百年华诞不仅是中国的庆典，也是马里的喜事。"达科说，中国共产党和中国政府始终以人民为中心，致力于增进人民幸福。带领中国人民消除绝对贫困是中国共产党最杰出的成就之一。对一国政府来说，没有什么比为人民谋幸福更重要的目标，这也是马里政府希望做到的。全世界都应当了解中国共产党、中国政府为带领人民摆脱贫困所付出的巨大努力。非洲是发展中国家最集中的大陆，中国是最大的发展中国家，中国的减贫经验可以为非洲提供借鉴。

谈起中国发展为非洲带来的机遇，达科认为中非合作论坛值得称赞。他说，非洲要发展振兴必须走联合自强的道路。中非合作论坛的重要价值在于尊重非洲的整体性，为 50 多个非洲国家和中国提供了集体对话平台和务实合作机制。非洲人口共约 13 亿，中国人口有 14 亿多，这让中非合作论坛具有非同寻常的力量。自 2000 年以来，非中关系在中非合作论坛框架下快速发展，"非中合作成果丰硕，在政治、教育、基建、医疗等多领域合作前景广阔"。

（文/毛莉　任天择　原载于《人民日报海外版》
2021 年 9 月 22 日第 8 版）

"中国建造" 遍布马里

1960 年 9 月，马里恢复独立。一个月后，中国就与马里建立了外交关系。这是两国合作的起点。此后马中合作稳步发展，覆盖医疗卫生、教育、文化、基础设施、农业、工业、商业等诸多领域。

马中在教育领域的合作从起初为马里留学生提供奖学金，到如今已扩展到基建等广泛领域。中国援马里巴马科大学卡巴拉校区扩建工程已经启动，这是两国在教育领域的最大基建合作项目。

马中在农业、工业和商业领域的合作始于 20 世纪 60 年代，如今已结出累累硕果。在马里塞古地区的甘蔗种植与糖业合作就是好例子。马里国内的很多基建设施都是马中合作的成果，中国企业修建的大楼、道路、桥梁等遍布马里全国各地。

在马中所有领域的合作中，医疗卫生合作是最卓有成效的领域之一。20 世纪 60 年代，中国就向马里派遣了第一支医疗队。今天，马中医疗合作已覆盖技术援助、医疗基建及改造、药品及医疗设备供应等多个方面。

中国医疗队最初在马里的卡蒂、马尔卡拉、锡加索等城市的医院展开活动，他们与马里医生并肩工作。中国政府为马里医院的建设作出了重大贡献，作为马里首都巴马科的三大基础医疗设施之一，马里医院自投入使用以来发挥了重要作用。2020年10月，中国第27批援马医疗队进入马里医院工作，他们将与马里医护人员共同工作18个月，进一步提升马里医院的医疗水平。

　　数十年来，传统医学始终是马里卫生系统的一部分。在马里医院设立中医科受到马里公共卫生官员的欢迎，并将成为促进两国传统医学合作的重要契机。现在，马里公共卫生官员正在努力推动达成马中传统医学合作的协议。马里医院的案例为两国医疗合作提供了新视角。马里是一个疟疾高发的国家，抗疟疾药物供应将成为相关合作的关键组成部分。

　　60多年来，马中合作稳步发展，深受马里人民欢迎。马中之间结下了深厚友谊，两国合作前景充满光明。

（文/马里驻华大使迪迪埃·达科　原载于《人民日报海外版》2021年9月22日第8版）

达科大使学中文有妙招

"我在中国当大使。"——字正腔圆读出栏目名称的不是别人，正是马里驻华大使迪迪埃·达科。"我在中国当大使"栏目组在采访达科大使前，使馆中方雇员就预告："大使来中国后不仅积极参加中国外交部组织的学中文活动，还一直坚持自学中文，现在大使的中文很棒！"百闻不如一见，初次相识，达科大使不经意间"秀"出的标准普通话就带给我们惊喜。

通常让外国人大呼头疼的中文四声，对达科大使来说却是小菜一碟。"我来自马里的博博族，我们的语言也像中文有不同声调。"达科大使说，"我知道声调很重要，不同声调代表了截然不同的字，所以我花了大力气学发音。"

谈起自学中文的小妙招，达科大使掏出手机现场演示了一番。"在网上有大量中文教学视频，从基础中文到高阶会话无所不包。"大使说，他下载了很多学习中文的小视频存在手机和电脑里，每天一有时间就跟着视频学。说话间，大使打开一条视频跟读起来："我是四川人，4年前来到深圳找工作。我和一个朋友开了一家小饭店，我们都是四川人，所以我们主要做川菜。"大使说，视频的语速还能根据需要调节，学起来非常有意思。

对达科大使而言，学中文成了繁忙工作中的一种调剂和休闲方式。说到这里，他用中文来了一句："如果你想学好中文，就应该多说、多听、多写。"掌握了日常交流基本用语后，达科大使正在努力提高中文的读写水平。他说："虽然写汉字很难，但我在不断挑战自我，一看到新汉字就反复练习写法。"

达科大使对学中文倾注了很大热情，源自他对中国文化的热爱和对推动两国人文交流的使命感。他喜欢中国文化，常惊艳于中国艺术家的绘画、木雕作品。"文化是促进民心相通的纽带。"大使说，"我非常希望进一步推动马中文化合作。"

（文/毛莉　陆宁远　原载于《人民日报海外版》
2021年9月22日第8版）

西非文化的摇篮

撒哈拉沙漠南部的马里是西非文明古国，悠久的历史为马里留下廷巴克图古城、杰内古城、多贡遗迹和加奥阿斯基亚王陵等多处世界遗产。马里因此被誉为"西非文化的摇篮"。

马里重视文化传承，不少古迹至今充满生命力——廷巴克图古城号称"黑非洲保护最完美的古城"，城中昔日撒哈拉以南的最高学府，如今依然在开门办学。对阿贾米文手稿的研究也是马里的一大特色。历史上，慕名至廷巴克图求学的非洲学者曾用一种叫"阿贾米"的文字记载当时的史实，这种文字手稿对于今天研究非洲历史具有重要价值。马里政府在联合国教科文组织的协助下，已在廷巴克图建立专门机构，收集和研究阿贾米文手稿，这将帮助人们从更多维度了解马里辉煌的历史文化。

在马里北部的加奥、基达尔和通布图等地以及中东部的莫普提地区，还有许多值得探索的非物质文化遗产：传统知识、手工技能、口头文学、歌谣、仪式以及其他一些珍贵的传统工艺……其中，多贡面具舞是一颗充满神秘魅力的明珠。尼日尔河流经马里的河湾处，居住着黑人土著民

马里多贡地区的面具舞（马里驻华大使馆供图）

族——多贡人。他们在陡峭的悬崖上筑起尖顶泥屋，层层叠叠，如蜂窝一般。悬崖上几乎没有路，多贡人只能手脚并用，踩着石头往上爬。交通闭塞让这个古老的民族几百年来与世隔绝，但也因此保存了最为原生态的传统文化。在重大仪式、节庆上演的面具舞彰显了多贡人对自然、对生命的炽烈情感。

多贡舞蹈一般由村里的老人们引领，他们用笛子模仿出大自然中的风声雨声、鸟语虫鸣等各色响动，用鼓点营造肃穆的气氛，并用独特的语言低声吟唱。曲调渐入高潮时，头戴面具、脚踩高跷的多贡年轻人登场了。面具以木制为主，头顶延伸出细长的板子，可达 5 米高，这为表演者在舞蹈中保持平衡增加了不小的难度。面具用色明艳，设计繁复，有的坠饰如夸张的须髯，有的镶嵌着贝壳，不同的图案被赋予不同的寓意：牛面具代表勤奋耕作；羚羊面具象征多贡人曾经以狩猎为生，鼓励年轻族人不要放弃这一传统；水牛面具蕴含着多贡人所崇尚的生存法则，即面对困难不要退缩，充满力量和勇气便可无往不胜。面具舞激昂热烈，表演者跟随灵动的鼓点抖动着身体、舞动着手臂，人们可以从中一窥多贡人丰富多彩的精神世界。

马里的饮食和服饰文化也值得游客体验。烤全驼是马里招待贵宾的特色菜，烤制前在驼腔内放置一头已烤好的羊，羊腔内再置入一只已烤好的鸡，鸡腔内还要放一枚熟鸡蛋，再把全驼放入用干柴烧红的烤坑内焖制2小时，出炉后配以调料，风味层次丰富，令人印象深刻。"布布"是当地传统服饰的名字。男子多为白色、天蓝色长衫；女子穿的"布布"五彩缤纷，领口、胸部、袖口多饰以考究的图案。"布布"宽袍大袖，走起路来四面生风，在气候炎热的马里可谓最佳着装。

（文 / 吴正丹　原载于《人民日报海外版》2021 年 9 月 22 日第 8 版）

尼泊尔

Nepal

"中国共产党的承诺都会兑现"

——访尼泊尔驻华大使比什努·施雷斯塔

尼泊尔驻华大使比什努·施雷斯塔近照　陆宁远／摄

中国和尼泊尔山水相连，世代友好，延续至今。尼泊尔驻华大使比什努·施雷斯塔日前接受采访时表示，随着跨喜马拉雅立体互联互通网络逐步从愿景走向现实，中尼两国各领域合作前景广阔，两国人民的关系不断加深。

"中国人民吃苦耐劳"

2022 年 7 月，比什努·施雷斯塔赴华履新。北京、山东、宁夏……施雷斯塔在行走中感受着中国的发展脉动。

在宁夏回族自治区，施雷斯塔看到了一个绿色发展的中国。施雷斯塔介绍，当地人民辛勤劳作，"人们把沙漠变成了瓜果飘香的绿洲"。他认为，黄河生态治理成果是"绿色中国"的又一个例证，"我在尼泊尔学习地理知识时，了解到黄河是中国的母亲河。历史上，黄河曾给沿岸居民带来水患，但是经过治理和保护后，如今黄河正在赐福沿岸居民"。

施雷斯塔感慨地说，与"绿色中国"同步呈现的是中国人民脱贫致富的感人故事。深入了解宁夏当地居民生产生活现状后，施雷斯塔表示，他对当地政府带领百姓脱贫的"致富经"印象深刻，"以前人民生活拮据，用当地话讲是'吃了上顿没下顿'，但现在他们的生活明显改善了，经济收入提高了"。一个个生动具体的脱贫故事让施雷斯塔看到了中国人身上拥有的勇敢、勤勉等美好品质。他说："中国人民吃苦耐劳，只要他们下定决心去做，就能把事情做成。"

施雷斯塔希望日后到访更多城市，深切感受中国的快速发展，"尼中两国缔结了多个友好城市，我期待能有机会访问这些城市，也希望尼中促成更多的友好城市，推动社会发展，增进人民情谊"。

"'高质量发展'成为媒体热词"

中共二十大成为施雷斯塔认识中国的又一重要窗口。"高质量发展""中国式现代化""坚持人民至上"……中共二十大报告提到的词汇，施雷斯塔都能脱口而出。他表示："中共二十大对世界和尼泊尔而言都是一个重要的事件。我们密切关注中共二十大，从中了解中国目前要做什么以及中国未来将走向何方。"

施雷斯塔尤其关注中共二十大报告中提到的"高质量发展"。他说，中国的发展成果由 14 亿多人民共享，高质量发展取得显著进展，"据我观察，最近一段时间，'高质量发展'成为媒体热词"。

2021 年，中国全面建成小康社会，历史性地解决了绝对贫困问题。施雷斯塔说："中共二十大报告传递了一个重要信息，即在中国共产党的带领下，中国建成了一个小康社会，而且中国正在为建设社会主义现代化国家而努力。正如我们亲眼所见，中国共产党的承诺都会兑现。"

在施雷斯塔看来，正是因为坚持以人民为中心的发展思想，使中国共产党对人民的承诺得以落地生根，也让中国得以蓬勃发展。"中国共产党为了人民，依靠人民，为人民谋福利，这是中共二十大报告中提到的最重要的事情之一，中国所取得的进步是中国人民团结奋斗的结果。"施雷斯塔说。

"鼓励更多学生到中国学习"

发展的中国给尼泊尔带来机遇，中尼战略合作伙伴关系不断深化。中尼铁路是跨喜马拉雅立体互联互通网络的重要一环。中尼铁路提案始于2016年，时任尼泊尔总理奥利访华，与中方签署了10项协议，其中包括两国间建设铁路的计划。中方今年8月表示，中国与尼泊尔双方将高质量共建"一带一路"，加快推进跨境铁路可行性研究。这意味着，中尼两国正朝着携手共建跨越喜马拉雅山的"天路"不断迈进。尼泊尔各界认为，两国在"一带一路"倡议框架下加强互联互通，让尼泊尔"陆锁国"变为"陆联国"。

施雷斯塔表示，尼方对中尼铁路建设保持乐观期待，"尼泊尔和中国之间铁路的互联互通，将有利于两国人民之间增进感情、加强互动"。在交通互联互通之外，中尼各领域合作正积极展开。尼泊尔参展商热情奔赴"进博之约"，是两国共享发展机遇、实现互利共赢的一个证明。施雷斯塔说，今年有多家尼泊尔贸易商参会，进博会已成为尼泊尔发展贸易的重要平台，"像进博会这样的国际经贸盛会能够促进国家与城市之间的贸易"。

随着两国经贸合作持续深化，越来越多的尼泊尔人学习中文和中国文化，尼泊尔赴华留学生数量稳步增长。"许多学生在中国接受教育，并将这些知识运用到尼泊尔发展建设中。"施雷斯塔说，"目前尼泊尔政府正计划在高中开设中文课，这将鼓励更多学生到中国学习。"

（文 / 武慧敏　原载于《人民日报海外版》2022年
11月28日第8版）

尼中携手实现互利共赢

自 1955 年 8 月 1 日建立外交关系以来，尼泊尔和中国在和平共处五项原则基础上建立了长期友好合作关系。中国是尼泊尔的友好邻邦和可信赖的发展伙伴。尼泊尔和中国之间悠久的民间联系、文化交流和文明交往历史，可以追溯到千年前。

两国高层互访进一步提升了尼中友谊。2019 年 4 月，尼泊尔总统班达里对中国进行国事访问；2019 年 10 月，中国国家主席习近平对尼泊尔进行国事访问，两国元首宣布将尼中关系提升为面向发展与繁荣的世代友好的战略合作伙伴关系。2022 年，尼中双边关系与合作进一步加强。尼中两国频繁的高层互访，加深了相互信任和理解，两国领导人就互利共赢等重要问题达成共识。

中国不仅是尼泊尔的好邻居和好朋友，也是尼泊尔的主要发展伙伴，为尼泊尔的经济社会发展作出了巨大贡献。中国是尼泊尔的第二大贸易伙伴，尼中两国正密切合作，促进贸易往来，实现互利共赢。目前，尼泊尔和中国正在努力共建"一带一路"倡议下的跨喜马拉雅立体互联互通网络。

我们希望尼中跨境铁路以更快的速度联通两国人民和贸易。

　　新冠疫情暴发以来，中国政府提供疫苗、医疗设备和重要物资帮助尼泊尔抗击疫情，我们深表感谢。中国政府承诺将继续为尼泊尔抗击疫情提供支持，对此我们高度赞赏。同时，我们希望中国政府鼓励中国投资者更多地参与到对尼投资中，如能源、水电、农业、基础设施、化肥、医疗卫生等各个领域。未来，尼泊尔和中国将朝着合作共赢的方向一起前进。

　　（文／尼泊尔驻华大使比什努·施雷斯塔　原载于《人民日报海外版》2022 年 11 月 28 日第 8 版）

大使推荐的尼泊尔 "宝藏"

　　走进尼泊尔驻华大使馆，热情的使馆工作人员迎上前来，我们推开两扇精雕细琢的木门，门上雕刻的莲花图案栩栩如生。

　　在一楼会客厅，门廊玻璃柜陈列的摆件琳琅满目：有身披纱丽的尼泊尔女孩人偶，有金丝银线装饰的精致四方宝匣，还有一柄寒光凛凛的弧形短刀……尼泊尔神秘的文化令人好奇，"我在中国当大使"栏目组迫不及待请尼泊尔驻华大使比什努·施雷斯塔详细讲解。

　　会客厅一侧墙边，一面一人多高的木框镜子格外显眼，胡桃木色的边框是工艺复杂的立体浮雕，表面光滑，纹路细腻。大使介绍，木镜框是纯手工工艺品，尼泊尔有一群工匠专研这种技艺，完成这样一件作品需要1个月乃至更久的工期。"这面镜子一定很贵重吧？"大使笑着回答："价格不是特别昂贵，但分量真的很重。"他顺手抬了抬镜子，展示实木镜框的真材实料。"我想把尼泊尔的木雕艺术品介绍到中国市场，希望受到欢迎。"

　　大使请工作人员打开展柜的玻璃门，捧出一尊金闪闪、沉甸甸的油灯。"这是我们尼泊尔传统的油灯，喜庆日子都会点燃它。"栏目组目测油灯高约50厘米，虽是铜质，但光泽度极好，亮度犹如纯金质地。宝塔一般的底座高高托起顶部盛酥油用的浅坛，浅坛四周还垂下一片片镂空铜片。浅坛边缘是印度神话中的雕像，会为人们带来好运。施雷斯塔大使介绍，举行婚礼时就点燃油灯，祝福新人百年好合。

说起婚礼，施雷斯塔大使转身展示尼泊尔传统酒器的玻璃柜。在尼泊尔婚礼上，新娘会为客人倒酒。"盛酒的碗很小，碗口不过巴掌大。"大使伸出手边比画边形容，还亲自演示了起来，"斟酒时碗在地面，姑娘要俯下身子斟满一碗。"这架势有点类似中国传统工夫茶艺，清醇的酒水从细长的酒壶嘴倒进碗里。"若斟酒过程中一滴不洒，代表新娘可以撑起家庭的半边天。"大使说。

使馆还收藏了丰富多样的尼泊尔手工艺品，比如配色鲜艳的传统布料"达卡"、花纹精美的木雕"孔雀窗"……施雷斯塔大使说："尼泊尔传统手工艺品是世界上独一无二的。"他希望通过栏目组的镜头和笔头，让更多中国朋友了解、喜爱尼泊尔民族文化。

（文/吴正丹 原载于《人民日报海外版》2022年
11月28日第8版）

邂逅"多山之国"

巍峨山峰覆盖皑皑白雪，与中国一山之隔的尼泊尔令人向往。"多山之国"尼泊尔境内海拔超过 8000 米的山峰有很多，登山爱好者更是渴望一睹尼泊尔高山之美。

纳加阔特是尼泊尔首都加德满都东北方向约 30 公里外的一条山脊，此地视野开阔，是著名的度假胜地，如今伴随着知名度提升，大批摄影爱好者来到这里，捕捉云雾缭绕的雪山倩影。山区天气多变，时常会降下大雾，登山者沿山路上行不多时，眼前的烟雾就成了脚下的云海。举目远眺，横亘的雪山犹如玉带飘在空中，仙境一般的美景令人心旷神怡。

"一城山色半城湖"，用来形容尼泊尔城市博卡拉再合适不过了。安纳布尔纳雪山的壮丽、费瓦湖的秀美为博卡拉增色不少。连绵不绝的群山倒映在费瓦湖面上，是博卡拉湖光山色最美的写照。博卡拉市区以北的萨朗阔特是欣赏安纳布尔纳雪山的最佳地点。清晨第一缕阳光照射在雪山上，之后，山顶的金光缓缓下移，直至群山被晕染成橘红色，"日照金顶"美不胜收。

安纳布尔纳峰　西尔维娅·巴蒂泽尔／摄

　　费瓦湖是尼泊尔著名度假胜地，它依偎在鱼尾峰下，倒映着雪峰，被漆成五颜六色的游船星星点点漂荡在湖面上，构成一幅迷人的山水画。湖畔橘树郁郁葱葱，葡萄园枝繁叶茂。沿着湖畔蜿蜒曲折的鹅卵石小径穿行林间，与一家家湖畔旅店、露天咖啡厅、音乐酒吧、工艺品商铺不期而遇。

　　奇特旺国家公园是濒临灭绝的尼泊尔国宝——亚洲独角犀牛最后的藏身地。1984 年，奇特旺国家公园进入世界自然遗产名录。如今，当地的丛林探险活动已发展得十分成熟。泛舟拉普梯河或是纳拉亚尼河，就有机会偶遇鳄鱼乃至非常罕见的恒河豚。在晌午，沿着河岸等待前来冲凉的大象，则是充满童趣的行程。

　　奇特旺国家公园旁边的索拉哈是一个塔鲁族村落。塔鲁族是尼泊尔当地一个古老而传奇的民族，当地妇女有文面、文身的习俗，房屋多为泥巴墙覆以茅草顶，但往往用色彩鲜艳的壁画作为装饰，凸显了族人对色彩美感的追求。壁画画风粗犷，有的干脆就是以手掌沾着颜料直接涂抹而成。这种艺术形式其后不断演变，在南亚地区流传甚广。

壮美山峦、清澈湖水、珍奇野生动物、七彩民族风情……迷人的尼泊尔值得游人来一场与大自然的邂逅。

（文 / 吴正丹　原载于《人民日报海外版》2022 年
11 月 28 日第 8 版）

尼日尔

Niger

中国助力尼日尔走上发展快车道

——访尼日尔驻华大使加尔巴·塞尼

尼日尔驻华大使加尔巴·塞尼近照　陆宁远／摄

> 赛义尼·孔切将军大桥、凯大吉水电站……随着多个与尼日尔经济发展相关的项目陆续落地扎根，中尼务实合作不断开花结果，也在中尼人民之间架起一座座"友谊桥"。近日，尼日尔驻华大使加尔巴·塞尼接受采访时表示："尼日尔人民赞赏中国在尼援建的项目，许多发展中国家受益于中国经济实力与发展经验。"

"中国处处呈现和平安宁景象"

今年 7 月，加尔巴·塞尼出任驻华大使，这是他第一次来到中国。对于在华"初体验"，塞尼给出三个关键词："发达""安宁""和平"。

履新不久，塞尼已去过中国多地。北京、新疆、广西……在不停的行走中，塞尼对中国的蓬勃发展印象深刻："虽然还不能说完全了解中国，但我已经看到，中国处处呈现和平安宁景象。"

塞尼表示，中国欣欣向荣的发展图景离不开中国共产党的掌舵引航。中国共产党带领中国走向繁荣富强，现已发展成为世界上最大的马克思主义执政党。塞尼表示："中国共产党在中国经济社会发展中发挥决定性作用，使中国能够在世界舞台上闪耀光芒。"

即将到来的中国共产党第二十次全国代表大会是世界观察中国的又一重要窗口。塞尼认为："无论对于中国还是对于世界来说，中共二十大的召开都是一件大事。中国共产党不仅为中国人民谋幸福，也为人类进步事业作出卓越贡献。"

中国发展给非洲内陆带来机遇

飞速发展的中国给深处非洲内陆的尼日尔带来机遇，随着一项项与中国的合作落地，合作成果惠及中尼两国。例如，缓缓流淌的尼日尔河上，一座笔直宽阔的双向四车道公路桥——赛义尼·孔切将军大桥飞跨河道两岸，将尼日尔首都尼亚美西部人口稠密的古代尔区和交通枢纽拉莫德区连接在一起。这座由中国政府援建的跨河大桥，被当地人称为尼日尔河上的"宝石"。

随着最后一车石料的倒入，尼日尔凯大吉水电站工程近日成功截流，这一被誉为"尼日尔三峡工程"的水电站正式进入主体结构施工新阶段，成为中尼合作共赢的又一例证。塞尼介绍，凯大吉水电站是尼日尔第一个水电站，尼日尔人民对其寄予厚望，"完工后的凯大吉水电站将极大提高尼日尔的供电能力，还将促进农业生产，4.5万公顷的耕地也因此得到更好治理"。

除了"修路搭桥"，尼日尔跻身世界产油国行列也离不开中国的支持。尼日尔是西非内陆国家，3/4国土面积被沙漠覆盖，长期缺乏石油生产能力，成品油全部依赖进口，严重制约经济发展和民生改善。一代代尼日尔人接力勘探，一家家国际大型石油公司来了又去，在运输基本靠骆驼的荒漠深处，尼日尔人民"发展石油工业"的愿望亟待实现。

中国企业的到来重燃了尼日尔人的"石油工业梦"。2011年，由中石油承建的阿加德姆油田一体化项目竣工，尼日尔从此步入了石油、成品油生产国的行列，基本实现了成品油自给自足，并拥有了本国上中下游一体化、较完整的石油工业体系。2021年，由中企建设的尼日尔–贝宁原油外输管开建，项目建成后，将实现尼日尔的原油出口，助力尼日尔走上发展快车道。

塞尼说，依靠中国企业的技术保障，尼日尔石油工业从无到有，在十几年间迅速发展，现在尼日尔的石油生产不仅用于本国消费，还出口到邻国。他还表示："中国已成为尼日尔第一大投资来源国，许多发展中国家都受益于中国经济实力与发展经验。"

为"中国医生"竖起大拇指

中尼友谊历久弥新，在危机中更显真切。2020 年 3 月 19 日，尼日尔出现第一例新冠肺炎确诊病例，一时间抗疫物资告急；4 月 30 日，尼日尔政府收到中国政府第一批抗疫物资；6 月 10 日，由中国政府援助尼日尔的第二批抗疫物资抵达尼亚美……中国的抗疫援助为尼日尔人民筑起安全防线。塞尼表示："新冠疫情发生后，中国是第一个向尼日尔捐赠疫苗和防护物资的国际力量，帮助尼日尔抗击新冠疫情，尼日尔十分感激中方这一友好无私的义举。"

塞尼说，携手抗疫是两国医疗卫生合作的一个缩影，中尼两国在卫生领域的合作源远流长。由中国参与建设的尼日尔综合示范医院 2016 年 8 月落成，是尼日尔乃至西非地区最大的医院之一，现已成为尼中两国医疗卫生领域合作的重要基地。自 1976 年尼中签署医疗技术合作协议以来，中国向尼日尔派遣医疗队已长达 46 年，一批批中国医疗队接连助力，将先进的医疗器械和精尖的技术带到尼日尔，成为尼日尔人民频频竖起大拇指的"中国医生"。"医疗队员们恪尽职守，救死扶伤，工作出色，使千万尼日尔人免于病痛。"塞尼动情地说。

从基础设施建设到卫生合作，从文化交流到经贸往来……一系列中尼合作让尼日尔油多了、桥通了、病去了，也在中尼两国人民之间架起"连心桥"。塞尼表示："两国合作堪称典范，作为友好国家，尼中人民以坚实的合作彼此相连。"

（文 / 武慧敏　原载于《人民日报海外版》2022 年
9 月 26 日第 8 版）

尼中合作具有示范意义

　　1996 年，尼日尔与中国复交，此后尼中两国关系得到迅速恢复和发展，签署了经济贸易合作协定，并设有经贸合作混委会。

　　近年来，尼中两国良好合作关系不断发展。尼日尔高度赞赏中方为加强两国富有成果的友好关系所做出的努力。2000 年以来，随着中国援助的增加和合作领域的多样化，尼中双边合作进入了充满活力的时期。这种示范性合作涵盖水利水电、环境、农业、卫生、国防、教育、基础设施、装备和能源、矿产勘探和石油开采等多个领域。

　　如今，中国已成为尼日尔在投资领域的第一大合作伙伴，这对尼中两国来说都是一个大好机遇。尼日尔幅员辽阔，矿产资源丰富，而中国是一个具有经济实力和高科技水平且发展程度高的国家，是尼日尔的理想合作伙伴。中国发展可以作为尼日尔制订经济和社会发展计划的借鉴模式。

尼中两国因友好关系和坚实的共赢合作彼此相连，作为尼日尔驻华大使，我为这一机遇感到由衷高兴。

（文／尼日尔驻华大使加尔巴·塞尼　原载于《人民日报海外版》2022年9月26日第8版）

大使"变身"专业导游

　　"我在中国当大使"栏目组一走进尼日尔驻华大使馆，就见工作人员身穿非洲民族风情服饰热情地迎上来。他们头顶竹编斗笠，身着宽袍大袖长衫，胸前佩戴花纹挂件，手里捧着一个皮质印花圆垫，还向我们透露："这些物件都是使馆为此次采访特意准备的。"

　　尼日尔驻华大使加尔巴·塞尼兴致很高："我来给大家介绍一下尼日尔！"大使"变身"向导，讲解当地民族服饰，"看！这是富拉尼人传统编织帽，由于是手工编织，它的纹理非常精细。"大使捧着一顶草编斗笠，并请使馆工作人员穿戴展示。

　　"还有这款手工挂包，你们看它配色鲜亮、纹路复杂，却是尼日尔男子使用的背包。"大使说。栏目组问："男性也背这么鲜亮的包？"仔细观察，这只薄荷绿色挂包上以棕色皮线钩出左右对称的菱形拼接纹样，以黄色圆珠点缀在皮缝走线之间，挂包两侧搭配黄、蓝、棕三色相间的布艺流苏，整体色彩明快，设计造型匠心独具。

　　尼日尔男子的"爱美之心"不只体现在背包设计上。在塞尼大使的手机相册里，还记录了尼日尔博罗罗男子"选美"的传统仪式。"别惊讶，这些涂抹油彩、描眉画眼的男子都来自尼日尔一个名叫博罗罗的民族。"塞尼大使笑着说，"这个民族是由男性盛装打扮来吸引女性，甚至还要参加'选美大赛'。"据大使介绍，到了比赛日，博罗罗男子不仅头顶华冠身着丽服，还会通过热烈奔放的舞姿吸引女孩子的目光。

"博罗罗美男子的标准是什么呢？"面对好奇的追问，塞尼大使卖了个关子，邀请大家去尼日尔，亲睹博罗罗男子选美传统仪式，"就能得知答案"。

（文 / 吴正丹 原载于《人民日报海外版》2022 年
9 月 26 日第 8 版）

我在中国当大使

沙漠中有一座"网红"博物馆

尼日尔是西非内陆国家，其国旗自上而下由橙、白、绿三色构成：橙色象征着沙漠，白色意味着纯洁，绿色代表美丽富饶的土地，也象征博爱和希望。白色部分的中间还有一个橙色圆轮，代表着太阳。尼日尔位于撒哈拉大沙漠南部，是世界上最热的国家之一，年平均气温高达 30℃。

尼日尔得名于尼日尔河，这条西非第一大河流经尼日尔西南部，在尼日尔境内长达 550 公里。尼日尔首都尼亚美位于尼日尔河中游平原左岸。在当地哲尔马语中，"尼亚美"的含义是"母亲汲水的河岸"。传说很久以前，一个名叫马乌里的人来到如今尼亚美所在之地，受命在母亲沿河岸取水之处搭建茅屋，于是就有了"尼亚美"这个地名。19 世纪末，尼亚美还是一个小渔村，如今已成为尼日尔全国政治、经济、文化和交通的中心。

位于尼亚美的尼日尔国家博物馆是享誉非洲的著名博物馆之一，也是外国游客来到尼日尔"必打卡的网红景点"之一。博物馆隶属尼日尔文化部，建于 1958 年，占地 24 公顷，馆藏丰富，展品近 5000 件，分别陈列在古生物学、史前学、植物学、人种学、矿业等展厅。尼日尔国家博物馆内

尼日尔手工艺品（尼日尔驻华大使馆供图）

设有一座小型工艺村，手工艺人在这里制造和出售具有非洲特色的银、铜、木雕等工艺品，丰富了参观者的文化体验。同时，馆内还有一家动物园，生活着河马、鳄鱼、鸵鸟等几十种动物。在人们印象中，博物馆的陈列物多为标本化石等静物，以生龙活虎的非洲动物布展呈现了尼日尔博物馆的巧思。

　　尼日尔国家博物馆收藏着许多具有重要意义的展品。馆内有一座亭子，中央竖立着一棵枯木。这是一棵在尼日尔家喻户晓的金合欢树。原本，它生长在撒哈拉沙漠中一片名为"特内雷"的沙海中，其根部深深扎入沙漠30米以下，树龄180余年。作为唯一一株在撒哈拉腹地顽强生存下来的古树，它被尼日尔人视作茫茫沙漠中的里程碑和路标，为过往的驼队和车辆指引方向，成为生命对沙漠抗争和挑战的象征。不幸的是，1973 年 11 月，它被汽车撞倒。尼日尔政府用卡车将残存的树干运回尼日尔国家博物馆，永久纪念这棵"特内雷之树"。

尼日尔国家博物馆还收藏着一件在尼日尔境内撒哈拉沙漠地区发掘的"超级鳄鱼"化石。据专家推断，这只巨鳄长 12 米，重 8 吨，相当于两头大象的重量，口中有 100 颗牙齿，生活在距今 1.1 亿年的时代。这也证明，史前时期的尼日尔地区并非沙漠，而是河湖纵横、适宜鳄鱼生存的密林。现今尼日尔境内依然有野生鳄鱼栖息的湿地，比如位于尼亚美东南约 150公里的"W"国家公园。公园以园区内尼日尔河"W"形河道走势而得名，1987 年被列为世界级湿地，1996 年被收入世界自然遗产名录。除了是野生动物的栖息地，公园内河流沿岸还发现了大量露出地表的岩石，据考证可追溯至前寒武纪时代，颇具研究价值。

（文 / 吴正丹　原载于《人民日报海外版》2022 年
9 月 26 日第 8 版）

秘鲁

Peru

我／在／中／国／当／大／使

"与中国合作的好处显而易见"
——访秘鲁驻华大使马尔科·巴拉雷索

秘鲁驻华大使马尔科·巴拉雷索近照　陆宁远 / 摄

一星期内辗转三地，从北京飞往成都再去西安，参加交流活动、出席展览开幕式……这是秘鲁驻华大使马尔科·巴拉雷索在中国的日常行程之一。今年3月抵华后，巴拉雷索迅速开启快节奏工作模式。"任内想要实现的目标很多，其中一个是，希望开通从中国飞往秘鲁首都的直航航线。"巴拉雷索日前接受采访时说。

"中国现代化水平很高"

出任驻华大使是巴拉雷索首次来华，但他对中国并不陌生。秘鲁是南美华侨华人最多的国家，秘鲁人用广东话"吃饭"指代中餐馆，用西班牙语"老乡"称呼中国朋友。"我在秘鲁时就有很多华裔朋友。"巴拉雷索说，"中国是大国，与秘鲁关系密切，担任驻华大使是我职业生涯的荣耀，也是沉甸甸的责任。"

跨越重洋，巴拉雷索满怀期待开启探索中国的新旅程。抵华不久后的一次重庆行，给巴拉雷索留下很多美好回忆。他笑言，正宗重庆火锅"很好吃，但实在太辣了"。难忘的不仅有麻辣火锅，还有重庆独特的城市风貌。长江、嘉陵江穿城而过，整座城依山而建、临江而筑、层叠而上，这一切让巴拉雷索直呼"太特别"。而让他最难忘的是重庆人把日子过得有滋有味。"中国发展得很好，民生福祉有保障，我的第一印象是中国现代化水平很高。"巴拉雷索说。

巴拉雷索认为，中国的高质量发展关系到经济社会发展的方方面面，中国式现代化蕴含独特的世界观，中国同世界打交道追求的是互利共赢，中国希望与其他国家尤其是发展中国家实现共同发展。"中国提出的全球发展倡议非常重要，有助于实现联合国2030年可持续发展议程。"巴拉雷索说。

"羊驼玩偶虽小却有大市场"

巴拉雷索对秘鲁羊驼玩偶在进博会"一展成名"的故事很熟悉。打开任意一家中国电商平台，呆萌可爱的各种羊驼玩偶让人目不暇接。巴拉雷索一边翻看评论区的买家秀，一边高兴地说："中国消费者很喜欢秘鲁羊驼玩偶，羊驼玩偶虽小却有大市场。秘鲁藜麦、葡萄等农产品在中国也很受欢迎，秘鲁还是中国的最大牛油果供应国。"

越来越多秘鲁的产品走进中国千家万户，得益于中秘自贸协定顺利实施，这是中国与拉美国家签署的第一个一揽子自贸协定。巴拉雷索表示，2010年秘中自贸协定正式生效实施，秘中贸易进入"零关税时代"，双方分别对90%以上的产品实施零关税。自此，秘中贸易充分流动起来，中国连续多年是秘鲁最大贸易伙伴和最主要出口目的国。2022年，秘中双边贸易额达346亿美元，而且对华实现贸易顺差。目前双方正在积极推进自贸协定升级谈判，围绕跨境服务贸易、投资、知识产权、电子商务等议题展开全面深入磋商。"中国市场对秘鲁非常重要，我们希望走差异化路线，以个性化产品开拓高端市场。比如，虽然中国纺织品市场竞争激烈，但高品质的秘鲁棉、羊驼绒制品也能找到一席之地。现在很多秘鲁企业家来中国寻觅商机。"巴拉雷索说，不少中国企业到秘鲁做生意，不仅雇用很多当地员工，还带动上下游企业发展，拉动秘鲁就业。

中秘已形成"你中有我，我中有你"的经贸合作格局，巴拉雷索对"脱钩断链""去风险"等论调的危害有清醒认识。"'脱钩'对所有人都有风险，因为我们生活在同一个地球村，在不同领域相互依存。'脱钩'相当于人为切断产业链供应链，给正常贸易往来设置障碍。秘鲁反对任何形式的'脱钩'，秘鲁是非常开放的经济体，坚定维护多边贸易体制，希望和所有国家发展经贸关系。"巴拉雷索表示，作为2024年亚太经合组织领导人非正式会议东道主，秘鲁期待与中国等其他成员共同发出维护多边贸易体制的声音。秘鲁也是《全面与进步跨太平洋伙伴关系协定》（CPTPP）成员，巴拉雷索对中国申请加入CPTPP表示赞赏。他说，中国主动对标CPTPP的高标准是积极的一步，释放世界第二大经济体扩大开放、支持贸易和投资自由化便利化的信号。

"拉美国家应与中国成为朋友"

在中秘深化务实合作的蓝图里，钱凯港位置特殊。钱凯港是中国在秘鲁实施的第一个大型交通基础设施项目，也是"一带一路"在拉美的标志性项目。巴拉雷索说，位于秘鲁首都利马附近的钱凯港是一个大型天然深水良港，建成后将成为南太平洋沿岸重要的交通枢纽和物流中心。

"现在从中国到秘鲁的海运时间是35至40天，钱凯港建成后将缩短至约23天，这将深刻改变南美到中国的海运状况。"巴拉雷索表示，随着钱凯港建成，物流、人流的涌入将带动就业、促进经济发展，还有可能发展起工业园区。在共建"一带一路"框架下，近年来已涌现出一批工业园项目的成功案例。秘鲁对钱凯港在经济社会发展中将发挥的重要作用充满期待。巴拉雷索认为，钱凯港充分表明"一带一路"建设对秘中关系发展的积极影响，"一带一路"建设不仅推动两国政策沟通、设施联通、贸易畅通、资金融通，还促进民心相通。"我们正在大力推动两国教育、文化、旅游等领域人文交流合作，并努力做得更好。如果中国有航空公司开通至利马的直航航线，那将是促进人员流动的一大步，希望吸引更多中国游客来秘鲁。"巴拉雷索说。

在中拉合作的广阔图景里，中秘合作的重要意义愈加凸显。巴拉雷索表示："拉美其他国家可以去听、去看秘鲁与中国在做什么，秘中开展密切对话、不断深化互信、实现合作共赢。秘中关系发展充分表明，与中国合作的好处显而易见，拉美国家应与中国成为朋友。对包括拉美国家在内的广大发展中国家而言，深化对华合作可以改善人民生活。"

（文／毛莉　原载于《人民日报海外版》2023 年 7月 28 日第 8 版）

秘鲁将中国视为宝贵伙伴

秘鲁自独立以来200多年的发展一直得到战略伙伴们的支持，其中包括同中华人民共和国的深厚关系。秘中都是文明古国，地处太平洋两岸，秘中两国都致力于在这个经济全球化的世界实现发展和进步。

今年是秘中建立全面战略伙伴关系10周年，也是秘中两国建交52周年。秘中两国人民间的联系能追溯至更久远的年代。19世纪，早期华人移民抵达秘鲁，与秘鲁人民融合共生，为秘鲁民族特性的建构作出了贡献。秘鲁大约10%的人口有中国血统。

中国是秘鲁主要出口目的国、主要进口来源国，秘鲁是中国在拉美的第二大投资目的地。两国还是共建"一带一路"合作伙伴。当前，秘中正在积极推进自贸协定升级谈判，这是全面扩大双边经贸合作的关键。秘鲁将担任2024年亚太经合组织领导人非正式会议东道主，非常期待中方积极参与相关活动。

秘鲁将中国视为宝贵伙伴，两国经济高度互补，在科技创新、数字经济、工业等领域有巨大合作潜力。秘鲁看好中国科技发展，秘鲁各经济领域活跃着约 200 家中国企业。

中国在国际舞台上担当着重要角色，在应对发展中国家共同关心的全球议题上发挥引领作用。中国提出的全球发展倡议、全球安全倡议和全球文明倡议与 10 年前提出的共建"一带一路"倡议，拓展了全球务实合作的可能性。

秘中合作呈现全方位、多层次、宽领域的发展格局，秘中关系堪称拉中关系的典范。作为秘鲁驻华大使，我将继续致力于深化秘中各领域联系，不仅在国家层面，也要与地方层面推动合作。秘鲁驻华大使馆将努力为两国企业界建立稳固关系提供支持，推动更多秘鲁企业进入中国市场，也帮助更多中国企业进入秘鲁市场。

（文 / 秘鲁驻华大使马尔科·巴拉雷索　原载于《人民日报海外版》2023 年 7 月 28 日第 8 版）

258

· 采访手记 ·

秘鲁"小木屋"里有精彩大世界

　　提起秘鲁,不少中国人首先想到的是羊驼玩偶。"我在中国当大使"栏目组对秘鲁驻华大使马尔科·巴拉雷索的采访中,这些可爱的小家伙拉近了我们的距离,围绕羊驼玩偶话题的欢声笑语不断。

　　巴拉雷索大使对羊驼玩偶走俏中国市场感到非常高兴,但他也反复表示:"秘鲁不只有羊驼玩偶,还有很多特色手工艺品。"走进秘鲁驻华大使馆,就像进入了一座手工艺品博物馆。在巴拉雷索大使的引导下,栏目组开启了一次"秘鲁手工艺品博物馆"奇妙游。会客厅、走廊、橱窗里摆放的精美手工艺品琳琅满目。

　　其中,一些外观看起来像"小木屋"的摆件格外引人注目。这些"小木屋"大小不同,大的有半人高,小的可置于掌心。无论大小,打开任何一个"小木屋",映入眼帘的都是一个五彩斑斓的世界。门扉描绘的是富有浓郁印加风情的各种图案,"小木屋"里的彩色泥塑呈现秘鲁人生活的不同场景,从苹果丰收到布料纺织、从制作面包到节日庆典……有的"小木屋"表现盛大场景,人物甚至多达上百个,每个人物都栩栩如生,面部表情清晰可见，让观者有身临其境之感。巴拉雷索大使说："和中国一样，秘鲁也是文明古国。秘鲁传统手工艺品行业非常发达，我们的工艺品不是工业制品，全都是手工制作而成，产自秘鲁的村庄、社区，还有很多来自土著社区。"

浓缩秘鲁文化百态的"小木屋"，让巴拉雷索大使打开了"话匣子"。他说，秘鲁驻华大使馆一项重要工作就是促进秘中人文交流。巴拉雷索大使来华不久，就飞赴重庆出席名为"印加'天路'"的南美大陆安第斯文化展。长约3万公里的印加路网曾是印加帝国的交通网络，此次展览带领中国观众重走古老的印加路网，穿越安第斯山脉、沙漠与茂密雨林等各类地形地貌。从重庆回京后不久，巴拉雷索大使又奔赴陕西西安出席"消失的文明——印加人和帝国四方之地"展览。此次展览展出来自秘鲁印加博物馆等14家博物馆的168件（组）精美文物，让中国观众近距离感受印加文明的灿烂。

"我们努力向中国社会展示秘鲁丰富多彩的文化，希望中国朋友更好了解秘鲁历史，了解秘鲁是怎样一个国家。"巴拉雷索大使说。面对栏目组的镜头，他向中国朋友发出真诚邀约："秘鲁不仅有著名的马丘比丘，还有许多值得一去的地方。"

（文/何冽　原载于《人民日报海外版》2023年7月28日第8版）

我在中国当大使

到马丘比丘之巅，找寻印加文明的足迹

秘鲁地处南美洲西部，西濒太平洋，东侧是被称为"地球之肺"的亚马孙雨林。世界最长山脉——安第斯山脉贯穿秘鲁全境。在地理环境影响下，秘鲁自西向东分别有热带沙漠、高原和雨林气候。从高山、丛林到大海、沙漠，秘鲁各地呈现不同风貌，这片神奇的土地孕育了博大精深、灿烂夺目的印加文明。

隐藏在安第斯山脉的崇山峻岭间，印加文化的瑰宝马丘比丘古城举世闻名。这座古城是印加帝国全盛时期最辉煌的城市建筑之一，1983年被联合国教科文组织列为世界遗产，并且是文化与自然双重遗产。马丘比丘在秘鲁土著语言克丘亚语中意为"古老的山巅"，它高耸于安第斯山脉最难通行的马丘比丘与瓦纳比丘两峰间陡峭而狭窄的山脊上，山下是乌鲁班巴河环绕的深谷，周围山峦层叠，可谓悬在绝壁上的"天空之城"。古城街道狭窄，但规划有序，宫殿、寺院、公园、住宅、作坊、农田等都按照区域划分开来。全城建筑物整体保存完好，尽管原有坡面茅草屋顶已荡然无存，但巨石垒成的墙体巍然屹立，依稀可见当年恢宏气象。

秘鲁马丘比丘遗址（秘鲁驻华大使馆供图）

　　这座"天空之城"留下了太多未解之谜：如此规模庞大的古城所用石料取材于峭壁下，古印加人如何挖掘并将数百吨重的巨石运上山巅？他们不用任何黏合材料，如何垒成了严丝合缝的平整石墙？马丘比丘的魅力穿越时空，吸引世界各地的人们前去一探究竟。1943 年 10 月的一天，智利诗人聂鲁达翻越重重大山，专为马丘比丘而来，他写的长诗《马丘比丘之巅》，激发了人们对这座印加古城的无限遐想。

　　秘鲁令人神往的印加文明遗迹不仅是马丘比丘。库斯科古城被称为"安第斯山王冠上的明珠"，曾是印加帝国首都，也是当时安第斯地区乃至整个南美洲最重要的城市。16 世纪西班牙人入侵后，对库斯科城的建筑进

行了改造，但有印加帝国独特风格的遗迹仍随处可寻。位于库斯科近郊的萨克萨瓦曼古堡是印加帝国的标志性古建筑之一。整个古堡建筑共用石料30多万块，皆为千斤以上的巨石，每块岩石的接合面都经过精心打磨，各边对缝拼接，紧密咬合，经历千百年而岿然不动，令人叹为观止。

除了人们熟知的印加文明，查文、纳斯卡、莫切、瓦里、西坎、契穆等众多文化也在秘鲁这片土地上绵延生息。雄伟的建筑、精美的石雕、华丽的织物、多彩的陶器、炫目的金银器……探索秘鲁文化的旅途上有看不够的风物。

（文/陆宁远　原载于《人民日报海外版》2023年7月28日第8版）

萨摩亚

Samoa

我/在/中/国/当/大/使

"如果有机会，我想游遍中国"

——访萨摩亚驻华大使卢阿马努韦·马里纳

萨摩亚驻华大使卢阿马努韦·马里纳近照　陆宁远／摄

位于太平洋南部的萨摩亚被称为"世界上最早看到太阳升起的地方"，这里历史悠久、风光秀美、文化独特。萨摩亚驻华大使卢阿马努韦·马里纳近日在接受采访时表示，萨中友谊源远流长，萨中关系已成为中国与太平洋岛国友好合作的典范，欢迎中国朋友到萨摩亚旅游。

"在中国，我每天都在学习新知识"

2022 年 7 月，卢阿马努韦·马里纳来华赴任。几个月来，马里纳走访了中国多地，足迹遍及北京、广州、香港……随着"打卡"城市越来越多，马里纳对中国的认识和理解日益加深。他被中国大地山川的秀丽所震撼，被中国美食的丰富所吸引，也被中国人民的好客所感动。"中国人民非常友善、乐于助人，在中国与不同的人交谈是一件非常有趣的事。如果有机会，我想游遍中国。"马里纳说，在中国多走多看是他出任驻华大使的重要工作之一。

中国的快速发展让马里纳感触深刻，他说，中国在过去几十年取得了不起的成就，已成为世界第二大经济体，中国的发展速度及成就令我们惊叹。

在马里纳看来，"读懂中国"是为了"学习中国"，中国有独特的发展路径——中国式现代化。"这是基于中国的历史文化与基本国情而选择的路径。中国的现代化建设成果惠及全体人民，中国的经济发展还兼顾生态文明建设。"他说，"在中国，我每天都在学习新知识，萨摩亚可以认真研究'中国式现代化'所包含的要素，从中学习借鉴经验。"

特产成为中国电商平台"爆款"

中国的发展给萨摩亚产品提供了广阔的市场。通过进博会、广交会等平台，不少萨摩亚农产品漂洋过海来到中国的超市，摆上中国人的餐桌。马里纳介绍，目前萨摩亚的多款特产已成为中国电商平台上的"爆款"，其中诺丽果汁广受中国消费者欢迎。"中国市场规模庞大，我希望有更多的萨摩亚商品赢得中国消费者青睐。"

在萨摩亚，处处可见中萨合作发展的印记，中萨示范农场就是其中之一。中国援萨农业技术援助项目实施 12 年来，在萨建立了太平洋岛国最大的综合示范农场，推广了 9 项重大农业技术，发展了 100 多个示范农户，为促进萨摩亚农业生产、增加农民收入和可持续发展发挥了积极作用。马里纳认为，中萨示范农场项目不仅为当地农户提供了帮助，也促进了萨摩亚的农业现代化和农产品多样化发展，提高了蔬菜水果种植效率，满足了萨摩亚当地市场对新鲜果蔬的需求。

2022 年，由广东省惠州市援建的中萨友谊公园与文化艺术中心顺利移交。这一中萨友谊的新地标让马里纳印象深刻。马里纳表示，中萨友谊公园和文化艺术中心正日益成为萨摩亚人民休闲娱乐的重要场所，"在萨摩亚时，我几乎每天早上都会去这个大公园，人们很享受在风景优美的公园里悠闲漫步、聊天放松。"

萨摩亚留学生能说流利中文

两国经贸合作持续开展，中萨文化交流也逐步升温。通过充分利用孔子学院的教学资源，萨摩亚孩子们能够学习中文，获得新的知识和技能，也使他们更加了解中国。中国政府每年向萨提供奖学金，使萨优秀学子有机会到中国接受教育。"来中国留学的萨摩亚学生能说一口流利的中文，待他们学成后回到萨摩亚，为国家发展做出贡献。"马里纳说。

马里纳说，萨中之间日益密切的人文交流有着悠久的历史渊源。100多年前，就有中国人来到萨摩亚繁衍生息，与萨摩亚人民一起，为当地发展贡献自己的智慧和力量。如今在萨摩亚，华人超市、饭店等很多。马里纳说："许多华人移民的后代成为萨摩亚有名的商人。"

中国已经试点恢复全国旅行社及在线旅游企业经营中国公民赴有关国家（第二批）出境团队旅游和"机票+酒店"业务，萨摩亚被列入其中。马里纳希望，未来能有更多的中国游客走进萨摩亚，了解这个美丽的国度，促进两国之间人员与文化的"双向流动"。"我们有纯净的海滩、美味的食物、热情的人民，热烈欢迎中国游客将萨摩亚作为太平洋地区的旅游目的地。"马里纳说。

（文 / 武慧敏　原载于《人民日报海外版》2023 年
5 月 15 日第 8 版）

送上诚挚的祝福

走进萨摩亚驻华大使馆大厅，墙上悬挂的一幅萨摩亚少女照片映入眼帘。图中少女肤色健康、笑容灿烂，头顶佩戴的巨型饰品尤其引人注目。饰品主体由 9 片贝壳拼接而成，有银色光泽。贝壳上点缀白色雏菊，棕榈树皮制成的黄色流苏垂下，如云鬓般质地蓬松，极具太平洋岛国风情。细读图说，原来这名少女盛装打扮是为了表演传统舞蹈。笑容和舞蹈，我们第一眼就被萨摩亚人的热情和开朗所吸引。

就在"我在中国当大使"栏目组为采访架设备时，萨摩亚驻华大使卢阿马努韦·马里纳步入会客厅，与栏目组成员握手问好。采访当天恰逢《我在中国当大使（第二辑）》发行，栏目组将图书作为见面礼赠予马里纳大使。大使仔细看封面每一位驻华大使的照片，表示不少大使都是他"在中国的好朋友"。随后，他翻开栏目组样书，在扉页签上名字，并以英文写下寄语"为'我在中国当大使'栏目组送上我最诚挚的祝福"。

在轻松愉快的采访氛围中，大使回忆往事、分享见闻，还积极为萨摩亚"带货"——芋头酿造的威士忌、纯天然的鳄梨油与椰子油……谈起特产，马里纳大使滔滔不绝。"辣椒酱是萨摩亚的畅销品。"大使骄傲地说，"萨摩亚辣椒酱在海外颇受欢迎，我知道中国很多地方有吃辣的习惯，希望我们的辣椒酱也可以摆上中国人的餐桌。"

除了琳琅满目的风味美食，栏目组对玻璃柜陈列的"奇怪"物件也十分好奇。大使右手举起一支螺旋纹理的硬木棍，左手挥着一只棕榈绳掸子，一面比画一面讲解："这是当地部落领袖举行仪式的传统器具，作用是敲打地面或木板，以此彰显首领的权威和地位。"

独具特色的海岛风情，热情奔放的异域风俗，大使绘声绘色地描述着，并向中国游客发出邀请："欢迎大家来萨摩亚感受碧水蓝天白沙。"

（文/吴正丹　原载于《人民日报海外版》2023年
5月15日第8版）

南太平洋上的神秘花园

  萨摩亚是一个位于南太平洋的美丽岛国，由萨瓦伊岛和乌波卢岛 2 个主要岛屿以及其他 8 个小岛组成。数百万年前，地心涌动的生命力量喷涌而出，在太平洋洋面上播下了这颗为世间增添几分缤纷色彩的种子。历经风雨洗礼，如今萨摩亚以宁静美好又富有活力的形象呈现在世人面前。

  得益于热带洋流的滋养，萨摩亚拥有丰富多样的海洋生态系统，这里有大量的珊瑚、热带鱼、海龟等不同类型的海洋生物。对于远道而来的游客而言，这里是潜水的绝佳选择地。在萨摩亚，潜水爱好者们可以在清澈的海水中沐浴阳光，与热带鱼群在水中共舞，欣赏形态各异的珊瑚礁，尽情享受深潜乐趣。

  萨摩亚还拥有诸多壮丽的自然景观。神秘的丛林、壮美的瀑布、清澈的河流……无数大自然的杰作，让人连连称奇。其中，位于乌波卢岛的苏阿海沟更是堪称萨摩亚自然风光的"地标"。"苏阿"一词在萨摩亚语中意为"大洞"，这是一个由火山活动形成的天然水坑，因与附近的大海相通，故常年不会干涸，水质亦可保持清澈。苏阿海沟四周被绿植环绕，从高空

萨摩亚沿海公路一景（萨摩亚旅游局供图）

俯瞰，像极了一块镶嵌在绿丝绒上的孔雀石。海沟一侧的沟壁上搭有一架木制梯子，顺梯而下，游客可感受这"天然游泳池"带来的清凉。

萨摩亚民俗文化村同样是不少游客的必打卡地。在民俗村，不仅可以体验萨摩亚传统的木工与编织工艺，还可以感受当地极具特色的舞蹈、音乐等传统节目。工作人员往往会为游客们准备一场盛大的卡瓦仪式，这是萨摩亚最重要、最庄严的传统仪式，通常在欢迎客人或纪念重要场合时举行。仪式上，主人将提前准备好的卡瓦酒倒入一个碗中，先递给宾客品尝饮用。细致入微的仪式礼节无不体现萨摩亚人民的热情好客。萨摩亚这座南太平洋上的神秘花园，正以它独特的风采吸引着万千游人来此感受南太平洋的热带风情。

（文/陆宁远　原载于《人民日报海外版》2023 年
5 月 15 日第 8 版）

圣多美和普林西比
Sao Tome and Principe

"与中国复交是圣多美和普林西比人民的共同期盼"

——访圣多美和普林西比驻华大使伊莎贝尔·多明戈斯

圣多美和普林西比驻华大使伊莎贝尔·多明戈斯近照　付勇超／摄

身穿干练的深蓝色西装，梳着非洲当地特色发辫，脸上挂着灿烂的笑容，一声中文"你好"一下子拉近了我们之间的距离。初见圣多美和普林西比（以下简称"圣普"）驻华大使伊莎贝尔·多明戈斯（Isabel Domingos），便能感受到来自热带岛国的热情与明媚。

作为圣普与中国复交后的首任驻华大使，伊莎贝尔·多明戈斯一直在为促进两国互利合作，增进两国民心相通积极努力。近日，在接受人民日报海外网专访时，伊莎贝尔·多明戈斯畅谈她在中国的工作、生活以及两国友好交往的动人故事。

改变对中国的刻板印象

位于非洲中西部几内亚湾的圣普，在地理上与中国远隔重洋。采访伊始，伊莎贝尔·多明戈斯描绘了圣普这个有"天堂小岛"美誉国度的多彩画卷：这里有茂盛的热带植被、丰富的生物、盛产天然优质的咖啡和可可，还有迷人的海滩，更重要的是有热情淳朴的人民，"每个普通圣普人，不管男女老少，身上都洋溢着一种天然的喜悦和安宁"。

在向中国人民发出赴圣普旅游的热情邀约之时，伊莎贝尔·多明戈斯也谈到了她对中国的观察与感受。伊莎贝尔·多明戈斯说，她曾经对中国的基本印象只是幅员辽阔、人口众多，"而当真的踏足中国时，我的刻板印象改变了"。

2017 年，圣普还未正式设立驻华大使馆，伊莎贝尔·多明戈斯作为圣普政府访华代表团的成员首次来到中国。通过对北京、福建、浙江、海南、上海等多地的走访，伊莎贝尔·多明戈斯和她的同事们发现中国城市非常整洁，人口虽多却井然有序。上海和圣普相似的自然环境和淳朴的人民，更让伊莎贝尔·多明戈斯对中国产生了浓浓的亲切感，感受到"中国并不像我曾经想象中的那么遥远、那么陌生"。

如今，伊莎贝尔·多明戈斯正式履职圣普驻华大使已有一年多时间，她对中国也有了更加深入的了解。她谈起曾经参观过的一个中国古镇，小镇虽经历千年的风霜，但当地独特的风俗和文物被很好地保存了下来。伊莎贝尔·多明戈斯认为："这得益于中国政府在文化传承方面做的大量工作，中国在这方面做得真的很棒！"

圣普人把中国人当朋友

2016 年底，中国与圣普恢复了中断近 20 年的大使级外交关系，两国关系自此进入新的阶段。伊莎贝尔·多明戈斯认为，"与中国复交是圣普政府做出的重大政治决断，同时也是圣普人民的共同愿望"。

伊莎贝尔·多明戈斯讲述了至今仍留在脑海中的一个场景。2017 年，当中国驻圣普大使馆正式落成时，一位路过的圣普老人指着中国国旗向身边的孙子说："中国是我们的朋友。1975 年圣普独立时就获得了中国非常重要的道义支持与援助，这些年来在圣普首都落成的许多高楼大厦，也都是中国企业修建的。"伊莎贝尔·多明戈斯说，这位圣普老人就是中国与圣普两国人民真挚友谊的见证者和讲述者。

到中国当大使，伊莎贝尔·多明戈斯也带来了圣普人民对中国的友好感情。伊莎贝尔·多明戈斯深知，推动民心相通，不应仅限于政府、企业等层面，还应让两国人民都参与到增进了解、加深友谊的工作中来。如今，伊莎贝尔·多明戈斯已经学会一些简单的中文，她和同事们也在为两国人民能够跨越语言障碍，实现更多面对面交流而努力工作。尽管这项工作并非易事，但伊莎贝尔·多明戈斯充满信心地表示："我们将全力以赴。"

中国真心帮助圣普培养人才

虽然中国和圣普复交还不到 3 年时间，但两国在平等互利的基础上取得了十分丰硕的合作成果。谈起两国合作，伊莎贝尔·多明戈斯滔滔不绝：中国医疗队在帮助圣普抗疟工作中作出了巨大贡献；中国农技专家们帮助圣普农民实现了农业生产的显著进步；中国企业帮助圣普修建、优化了很多基础设施。

而在两国众多合作中，伊莎贝尔·多明戈斯非常看重两国人员的互派和交流，尤其是关涉国民经济发展的经贸、教育、卫生、旅游等领域。"通过相互交流，促进了两国科技资源共享，拓展了技术产业门类，夯实了经济发展基础。圣普的技术人员也提高了自己的专业水平，将自己所学用于国家发展。"伊莎贝尔·多明戈斯说。

和众多非洲国家一样，圣普拥有大量年轻人口，25 岁以下的青年更是占到了圣普人口的 60%。伊莎贝尔·多明戈斯非常关注圣普青年的教育，在她看来，青年的教育是决定圣普未来发展最关键的因素。伊莎贝尔·多明戈斯表示，圣普目前有 100 多名留学生在华学习，"中国在帮助培养圣普留学生方面提供了重要支持"。

采访最后，伊莎贝尔·多明戈斯表示，圣普虽然国土面积不大，但在非洲处于独特的地理位置，可以成为中非合作交往的重要节点。

（文 / 孟庆川　原载于《人民日报海外版》2019 年
10 月 21 日第 8 版）

大使亲述复交背后的故事

2016 年 12 月 26 日，是中国与圣普关系史上一个值得铭记的日子。这一天，两国正式恢复了中断近 20 年的大使级外交关系。两国复交背后有哪些故事？圣普回到中非合作大家庭后发生了怎样的变化？为挖掘两国外交关系背后的细节和故事，"我在中国当大使"栏目组走进了圣普驻华大使馆。

伊莎贝尔·多明戈斯是圣普与中国复交后的首任驻华大使，亲自参与了两国复交的许多工作，见证了很多感动瞬间。采访之前，我们尽可能查找有关圣普和大使的资料，反复打磨采访提纲。圣普是一个怎样的国家？圣普人怎么看待中国？大使怎么看待两国关系？我们希望通过这一个个问题，为受众打开观察两国关系的新视角，以此感受两国交往的温度和深度。为确保采访准确顺畅，栏目组还专门聘请了一位葡语翻译"保驾护航"。

在轻松愉悦的采访氛围中，多明戈斯大使如同"拉家常"一般讲述她在中国的种种见闻、圣普人民与中国人民的深厚友谊，尤其是复交后两国关系的快速发展。许多中国企业在圣普投资兴业，改变圣普的发展面貌；中国医疗队和农技人员在当地有口皆碑；不论圣普政府还是人民，都对中

圣普海景　若昂·费雷拉／摄

国的真诚帮助心存感激……通过这一个个细节，栏目组希望让受众对中国与圣普关系形成更真实可感的印象，对"一个中国"原则在国际社会的人心所向有更清晰的认知。

多明戈斯大使越讲兴致越浓，采访时间从预定的半个小时延长到近一个小时。采访结束后，大使还饶有兴致地了解起融媒体呈现方式，她希望通过"我在中国当大使"栏目让中国人民更加关注并了解圣普，让两国人民心更近一些。

（文／孟庆川　原载于《人民日报海外版》2019年
10月21日第8版）

塞尔维亚

Serbia

我／在／中／国／当／大／使

"希望在塞尔维亚能用移动支付"

——访塞尔维亚驻华大使玛亚·斯特法诺维奇

塞尔维亚驻华大使玛亚·斯特法诺维奇近照（塞尔维亚驻华大使馆供图）

1993 年，塞尔维亚姑娘玛亚·斯特法诺维奇来到辽宁师范大学，从零开始学中文。在大连学习生活的 10 个月，给她留下了美好记忆。2022 年，斯特法诺维奇以塞尔维亚驻华大使的身份再次来华。日前她接受采访时说："来中国当大使是我迄今 25 年外交官生涯的至高荣耀，维护和发展对华关系是几乎每名塞尔维亚外交官的责任。"

"被普通中国人的善意打动"

去年 10 月，来华到任不久的斯特法诺维奇收到一封特殊来信。写信者是江南大学食品工程专业一名学生，斯特法诺维奇与他素不相识。这封信用中英双语手写而成，信中说："塞尔维亚是我们的友邦，两国拥有深厚友谊，中国人民非常热情好客，欢迎您的到来。"陌生人的友善让斯特法诺维奇深受感动，她当即给写信者打电话致谢，从此她的微信朋友圈又多了一名普通中国学生。"这名学生此前在现实生活中并不认识一个塞尔维亚人，但他的信写满对塞尔维亚的真挚感情，这样的情感连接值得我们珍惜。我将永远珍藏这封信，这是塞中两国人民友谊的鲜活例证。"斯特法诺维奇说。

塞尔维亚有句俗语："朋友是时间的果实。"与中国结缘 30 年，斯特法诺维奇交到了许多一辈子的好朋友，也见证着塞中"铁杆友谊"越来越铁。

斯特法诺维奇无法忘记，1999 年，北约轰炸南联盟，造成大量平民伤亡。北约还野蛮袭击中国驻南联盟大使馆，3 名中国记者在贝尔格莱德不幸牺牲。他们在塞尔维亚最艰难和最悲伤的时刻同塞人民站在一起，并为此付出宝贵生命。如今，在中国驻南联盟被炸大使馆旧址上已建起贝尔格莱德中国文化中心大厦，成为塞中"铁杆友谊"的又一个象征，向世界宣示塞中两国维护公平正义、促进世界和平的共同追求。

斯特法诺维奇同样无法忘记，2020 年，在塞尔维亚抗击新冠疫情的艰难时刻，中国是全世界第一个向塞方提供医疗援助的国家。中国抗疫医疗专家组与塞尔维亚医护人员并肩作战 82 天。在北京的塞尔维亚驻华大使馆门前，很多中国老百姓自发排队捐赠抗疫物资。"队伍里有很多老人和孩子，为了支持塞尔维亚抗疫，他们把个人的口罩捐了出来，我们被普通中国人的善意打动。"斯特法诺维奇感慨地说，"'铁杆友谊'不是一个简单的词汇，而是我们两国人民之间伟大和特殊情谊的最真实写照。"

"从中国看到机遇而非风险"

30 年来，无论身处何方，斯特法诺维奇始终关注着中国的发展，她的生活也紧跟中国社会潮流。"2012 年我就用上了微信，我可能属于最早一批用微信的人。我经常刷中国社交媒体，通过这个渠道与中国网友保持沟通非常重要。我也看中国观众喜欢的电影，为新中国成立 70 周年献礼的电影《我和我的祖国》是我看过的最好电影之一。"斯特法诺维奇说。

见证中国一路走来的不凡历程，斯特法诺维奇对中国式现代化的理解不断加深。"中国式现代化的成就是中国共产党领导中国人民以坚定不移的决心和持之以恒的努力实现的，我为目睹中国日新月异的变化而深感荣幸。"斯特法诺维奇表示，中国式现代化带给世界的一个重要启示是，一个国家走向现代化必须立足本国国情、具有本国特色。中国式现代化深深植根于中华优秀传统文化，具有深厚历史渊源、文明底蕴。"中国历史不是只有100年，几千年来中华文明为世界作出了重大贡献，中国人理应为中华优秀传统文化而自豪，为中华文明对世界的贡献而骄傲。"

斯特法诺维奇认为，不断走向现代化的中国将为世界提供更多公共产品。她高度赞赏中方关于"各国共同发展才是真发展"的观点，因为"世界繁荣稳定不可能建立在贫者愈贫、富者愈富的基础之上"。她说，"一带一路"倡议等中国方案充分表明，中国式现代化惠及世界。每个国家根据自身的国家战略、发展潜力、利益诉求，都可以找到与中国合作的契合点。"塞尔维亚从中国看到机遇而非风险。"斯特法诺维奇表示。

盼匈塞铁路早日全线通车

在塞尔维亚，处处可见中塞互利合作实实在在的成果，时时能感受到当地人对深化对华合作的支持。今年初，塞尔维亚"钢铁之城"斯梅代雷沃的市民看舞狮、学书法、画糖画，和中国朋友共度中国春节。2016年，中国企业在这座城市最困难的时候接手斯梅代雷沃钢厂，保住了5000多人的就业及其家庭生计。"在'一带一路'倡议下，很多中国企业到塞尔维亚投资，受益的不仅是斯梅代雷沃钢厂，博尔铜业也因中国企业的到来焕发新生。中国企业的投资不仅助力提升了斯梅代雷沃、博尔这两座城市人民的生活水平，更促进了塞尔维亚整体经济增长。近年来，中国投资的这些企业已跻身塞尔维亚最大出口商之列。"斯特法诺维奇说。

中国给塞尔维亚带来的不仅有投资，还有便利的交通。匈塞铁路是中国—中东欧国家合作的旗舰项目，连接贝尔格莱德和匈牙利首都布达佩斯。今年3月，匈塞铁路塞尔维亚境内贝尔格莱德至诺维萨德段迎来开通一周年，圆了塞尔维亚人的"高铁梦"。两地列车运行时间由原来的90分钟压缩至30分钟，很多人在贝尔格莱德和诺维萨德间过起了"双城生活"。斯特法诺维奇迫切盼望匈塞铁路早日全线通车。她表示，作为中欧陆海快线的重要组成部分，匈塞铁路向北联通中欧班列线路。"希望这条铁路不仅造福塞尔维亚和匈牙利，也促进区域联动发展。"

斯特法诺维奇对塞中经贸合作的前景有更多期待。她介绍，中国电商平台开设了塞尔维亚国家馆，塞葡萄酒、苹果汁等产品很受中国消费者欢迎。近日，塞尔维亚蜂蜜、宠物食品获准对华出口。在努力推动塞尔维亚更多优质产品进入中国市场的同时，斯特法诺维奇也想把中国便利的移动支付引入塞尔维亚。"在塞尔维亚，中国电商平台很受欢迎，不少年轻人在上面直接从中国商户购物。随着越来越多中国游客到来，我希望在塞尔维亚也能用上移动支付。"她说。

（文 / 毛莉　原载于《人民日报海外版》2023 年 8 月 14 日第 8 版）

"数字丝绸之路"有巨大吸引力

"一带一路"倡议源自中国，更属于世界，极具包容性，是当前促进世界繁荣稳定的最重要理念之一。今年是"一带一路"倡议提出10周年，其重要性在当今世界愈加凸显。

基础设施互联互通是各国发展的前提和基础。塞尔维亚参与共建"一带一路"的具体成果体现在许多项目中，特别是在交通基础设施和能源领域。当前，泛欧10号走廊和11号走廊沿线的新公路、连接塞尔维亚和匈牙利的现代化铁路等项目备受关注。

因为塞尔维亚参与共建"一带一路"，中国乃至全球商业界看到了塞尔维亚企业的潜力。河北钢铁集团收购斯梅代雷沃钢厂、紫金矿业接手运营博尔铜业，都是中国企业在塞尔维亚投资的成功案例。

可以说，塞中共建"一带一路"已取得里程碑式成果，塞尔维亚期待与中国在"一带一路"框架下进一步拓宽合作领域。塞尔维亚政府将信息技术产业发展确定为提升国家经济竞争力的优先事项，"数字丝绸之路"建设旨在提高数字互联互通水平，对塞尔维亚有巨大吸引力。作为西巴尔干地区增长最快的经济体之一，塞尔维亚对于寻找新商机的国际投资者是一个有吸引力的目的地，尤其在信息技术、人工智能等领域。

塞尔维亚人工智能研究所成立于两年前，旨在将塞尔维亚打造成人工智能与生物技术发展的地区领导者。另一个重点领域是生命科学园建设，关注生物医学、生物技术、生物信息学和生物多样性。第四次工业革命为许多国家提供了跨越式发展的独特机遇。塞尔维亚拥抱与中国在数字经济领域合作的新机遇，热切期盼开展新的联合项目。

同时，塞中在环保、绿色发展、农业、教育、卫生和媒体等其他领域的合作也不可忽视。塞尔维亚对第三届"一带一路"国际合作高峰论坛的召开充满期待，并准备好与中国在下一个10年深化"一带一路"框架内的合作。

（文／塞尔维亚驻华大使玛亚·斯特法诺维奇　原载于《人民日报海外版》2023年8月14日第8版）

·采访手记·

大使一家的中国缘

当"我在中国当大使"栏目组走进塞尔维亚大使馆，使馆工作人员端上来一碟使馆自制的塞尔维亚点心，热情招呼我们品尝。饼皮的酥脆混合苹果的清甜，让我们对"舌尖上的塞尔维亚"有了初步印象。

塞尔维亚有美食，也有华服。在采访中，塞尔维亚驻华大使玛亚·斯特法诺维奇特意展示了两套传统民族服装，皆是长裙搭配长袖上衣的造型。一套玄黑，端庄稳重，图案简约；一套火红，金丝滚边，花纹繁复。需要盛装出席的场合，传统民族服装就是斯特法诺维奇大使的"华服"。她说，今年她向中方递交国书时正是身着玄黑这套，下次有机会她想尝试红色那套。

斯特法诺维奇大使讲一口地道的中文。"我喜欢吃饺子、包子，还有宫保鸡丁。"大使的发音字正腔圆，当我们赞她中文好时，大使连连摇头，谦虚地说："哪里哪里，还差得远呢。"回忆起 30 年前在大连学中文的往事，她感慨道，那时没有便利的网络，没有像样的塞尔维亚语版中文字典，没有丰富的中国影视剧，要学好中文可不容易。30 年过去了，塞中人文交流越来越密切，学中文的条件比当年好多了，塞尔维亚"中文热"不断升温。

大使介绍，塞尔维亚不仅在贝尔格莱德、诺维萨德大学开设孔子学院，还在中小学启动中文教学试点工作。她表示，她女儿曾在北京生活5年，中文说起来是一口京腔，回塞尔维亚上高中后继续学中文，将来打算到中国读大学。

从母亲到女儿，一份割舍不断的中国情缘在斯特法诺维奇大使的家中传承，映照出中塞友好的深厚民意基础。大使说，20世纪70年代，《瓦尔特保卫萨拉热窝》《桥》等影片在中国风靡一时，如今中国影视剧、文学作品在塞尔维亚越来越受欢迎。"塞中两国地理上相距遥远，但两国人民间的联系非常紧密，相互理解，彼此欣赏。"大使说，"两国人民同享喜悦、共渡难关，塞中友谊经受住了时间考验。"

（文/何冽　原载于《人民日报海外版》2023年8月14日第8版）

我在中国当大使

中塞互免签证，旅行说走就走

中国与塞尔维亚互免签证、互通直航，对中国游客来说，到塞尔维亚可以轻松地来一次"说走就走的旅行"。

无论是浪漫的贝尔格莱德，还是充满文艺气息的诺维萨德，都不可错过。贝尔格莱德位于塞尔维亚北部多瑙河和萨瓦河交汇处，是欧洲最古老的城市之一，也是东西方交通要道的重要枢纽。这座城市拥有极其丰富的历史文化遗产，每年还举办电影、音乐和艺术节及许多激动人心的体育赛事。《孤独星球》曾把贝尔格莱德评为"十大夜生活城市"之首，因此它也赢得"不夜城"的美誉。诺维萨德是塞尔维亚第二大城市，位于萨瓦河和多瑙河以北的伏伊伏丁那自治省。贝尔格莱德到诺维萨德的高铁已开通，游客在此可体验乘坐中国制造欧洲版高铁。

塞尔维亚是欧洲生态保护最完整的地方之一，是大自然爱好者和喜爱户外运动者的理想之地。从北部的广阔平原到南部的高山，塞尔维亚多样化的景观以及栖居其间的丰富物种将不断给游客带来惊喜。许多在欧洲其他地方濒临灭绝的动植物在这里找到了"庇护所"。夏天，游客可以去

塞尔维亚首都贝尔格莱德城市景色（塞尔维亚国家旅游局供图）

金松岭避暑、到乌瓦茨峡谷逛逛；冬天，科帕奥尼克滑雪场是一个不错的选择。

　　塞尔维亚拥有多个国家公园，其中德耶达普国家公园闻名遐迩。该公园是塞尔维亚最大的国家公园，占地 6 万余公顷，20 世纪 70 年代正式设立，2020 年被联合国教科文组织纳入世界地质公园网络。初到德耶达普国家公园，人们会为它的壮美而惊叹，尤其铁门峡谷之雄奇令人叫绝。铁门峡谷全长达 100 公里，由多瑙河的流动冲刷而成，两岸则是高达 300 米的

悬崖。远远望去，多瑙河在高耸的峡谷间穿行，两岸铁青色的山壁像一扇大门将另一半峡谷美景藏至身后，吸引游客前往一探全貌。

　　到塞尔维亚的中国游客还会发现一份额外惊喜——许多地方专门设有中文标识。灿烂的文化、美丽的风光、友善的人民，每一条都是打卡塞尔维亚的理由。

（文 / 陆宁远　原载于《人民日报海外版》2023 年
8 月 14 日第 8 版）

叙利亚

Syria

"我想坐着高铁看中国"

——访叙利亚驻华大使穆·哈桑内·哈达姆

叙利亚驻华大使穆·哈桑内·哈达姆近照　李帛尧／摄

对叙利亚驻华大使穆·哈桑内·哈达姆来说，今年6月来华赴任是期盼已久的故地重游。2013年至2017年，他曾在华工作生活4年，但他说对中国之美远没看够。哈桑内日前接受采访时表示，今天的中国对世界非常重要，"我想坐着高铁看中国，看山川河流、花草树木，看当地人的生活"。

"古筝音乐动人心弦"

哈桑内说："我很小就知道中国。我小学时看过一本关于中国的摄影集，深受触动，摄影集主题有自然风光、人文风情、太极拳等，每张照片都很美。"从此，中国文化之美如磁铁般牢牢吸引着哈桑内。他说，中国有上千种茶叶，就像品酒师鉴酒一样，评茶师能品鉴出茶叶的产地与年份，令人称奇；水墨丹青描绘的花卉画作，不是真花胜似真花……"我还喜欢中国音乐，很想学古筝。它能让听者沉静下来，古筝音乐动人心弦。"哈桑内说。

出任叙利亚驻华大使，哈桑内有了更多与中国文化亲密接触的机会。近年来，中国文化遗产保护传承弘扬成效显著，大运河保护让哈桑内印象格外深刻。从历史时光里的帆樯林立、万舟骈集，到现实图景里的岸青水秀、宜业宜居，跨越2500多年的京杭大运河正在焕发勃勃生机。哈桑内说，他来北京后喜欢去什刹海感受大运河文化，"从任何标准来说京杭大运河都堪称奇迹"。

哈桑内认为，文化是了解中国的独特视角，也是连接叙中两国人民的重要纽带。通过古丝绸之路，叙中两国人民往来不断。叙利亚的博物馆珍藏着中国古丝绸织片、古瓷器，中国的西安碑林博物馆所藏《大秦景教流行中国碑》上有古叙利亚文……一件件珍贵文物是两国悠久交往史的见证。哈桑内说："我们要进一步促进叙中文化交流，让两国人民延续2000多年的友谊传承下去。我深感肩上的担子很重，丝毫不敢懈怠，比如我们正努力在叙利亚推动成立孔子学院。"

"希望借鉴中国经验"

哈桑内是中国文化的爱好者，也是中国发展的见证者，中国日新月异的变化让他赞叹不已。"从各种标准看，中国都是成功的。"他说，如今中国的城市景观更美、天更蓝水更清、人民享受的福利更好。中国不断发展也对世界产生重要影响，中国已成为140多个国家和地区的主要贸易伙伴，货物贸易总额居世界第一，吸引外资和对外投资居世界前列。

哈桑内认为，中国不仅实现经济发展，也实现科技创新。他举例说，移动支付让一机在手走遍中国成为可能，这是先进技术与社会发展相融合的产物，是一次飞跃。"我非常希望更深入了解中国如何让科技融入生活、服务民生。"

关注中共二十大，让哈桑内看到了中国更光明的未来。他说，中国14亿多人口要整体迈进现代化社会的难度可想而知，没有现成模式可以照搬。中国根据历史文化传统和现实国情，探索出了中国式现代化道路。中国摆脱了绝对贫困，这足以证明中国式现代化道路走得对、走得通。

"我们尊重中国式现代化的中国特色。"哈桑内认为，中国式现代化带来的重要启示是，现代化不等于西方化，各国应探索适合本国国情的发展道路和治理模式。"我们正在这样做，希望结合叙利亚国情借鉴中国经验。"

"中国是值得信赖的伙伴"

中国是维护世界和平的重要力量，哈桑内对此感触很深。多年前，在美西方推波助澜下，一场"阿拉伯之春"席卷中东，也把叙利亚拖入动荡的深渊。"美军每周、每天都在盗采我们的石油。过去叙利亚石油不仅能自给自足，还有石油产品供应邻国，如今却出现了石油短缺。由于缺油少气，很多叙利亚人只能在冬夜挨冻。"哈桑内说，"美国是世界上最富有的国家，却盗取别国财富，过去 7 年西方媒体对此只字不提。因为中国等友好国家为叙利亚大声疾呼，这件事才大白于天下，我们感谢中国。"

哈桑内还谈到中国向叙利亚提供的多方面支持和帮助。抗疫期间，中国向叙利亚提供疫苗援助；为助力叙利亚重建，中国在交通等领域提供支持；中国关心叙利亚儿童，帮助叙利亚修缮学校，向儿童医院捐赠医疗设备……"中国是值得信赖的伙伴。在叙利亚有需要时，中国始终与我们站在一起。"哈桑内说。

哈桑内相信，中国新发展将为叙利亚带来新机遇。他说，今年 1 月，叙中签署"一带一路"合作谅解备忘录，期待两国合作结出更多硕果。"过去叙利亚经济发展状况良好，人民受教育程度高，向世界各地出口药品、纺织品、食品等，但延宕 10 多年的叙利亚危机造成了发展缺口。"他说，叙利亚正在积极推进经济重建，在基建、可再生能源、酒店、旅游等各行各业有大量投资机会，真诚欢迎更多中企到叙利亚投资。

哈桑内表示，通过共建"一带一路"，中国在很多发展中国家修路架桥、建医院学校，促进共同发展。"一带一路"建设为共建国家带来了巨大改变，为世界不同地区的发展赋能，让即使最贫穷的地区也能通过合作实现发展。

中国从不颐指气使、从不干涉别国内政，而是聚焦促进共同发展，倡导相互尊重、互利共赢。"中国从不掠夺其他国家，而是带来合作，因此中国受到欢迎。"他说。

（文 / 毛莉　何泂　原载于《人民日报海外版》2022年 11 月 14 日第 8 版）

欢迎中企参与叙利亚经济重建

中国在过去10年取得的历史性成就令人钦佩。中国货物贸易总额、制造业规模居世界第一，吸引外资和对外投资居世界前列，并且已进入创新型国家行列。

叙利亚正在为实现国家重建和振兴而努力。2021年叙利亚颁布了新《投资法》，打造更有竞争力的投资环境。新《投资法》的理念是：保证投资者享受与当地企业同等待遇，更加关注环境、公共卫生和社会问题，确保投资者从一开始就看到投资的希望。

叙利亚投资局设有投资者服务中心，以"一站式"服务为投资者提供建议并发放项目许可证。最重要的是，任何投资提案都会在15至30天内得到审核。

投资者获得投资许可证后享有一系列税收优惠及非税收优惠。农业项目免征所得税，旅游投资免征关税和其他费用。开发类项目10年内享受75%的所得税减免。一些工业项目享受50%至75%的所得税减免，特别是技术、医药、可再生能源、垃圾回收及手工艺领域。机械设备、装配线和交通系统的进口免关税，并取消所有此类项目的进口管制。投资叙利亚的优势还包括劳动力与运营成本低、区位优势显著等。

随着叙利亚重建进程开启，叙利亚政府高度重视来自友好国家的投资。今年1月叙利亚和中国签署"一带一路"合作谅解备忘录，为中国企业参与叙利亚重建进程提供有力支撑。我们欢迎中企来叙利亚投资，参与叙利亚经济重建。

叙利亚人民致力于重建一个与叙利亚悠久灿烂文明相匹配的美丽家园。叙中友谊源远流长，有2000多年交往史。当某些西方国家让叙利亚饱受战乱之苦时，中国与叙利亚站在一起。这让我们更加坚定了一条：要把叙中传统友谊不断传承下去。

（文 / 叙利亚驻华大使穆·哈桑内·哈达姆　原载于《人民日报海外版》2022年11月14日第8版）

这位大使读阿语版《论语》

　　"学而时习之，不亦说乎？有朋自远方来，不亦乐乎？"《论语》里这句中国人耳熟能详的话，用阿拉伯语怎么说？在叙利亚驻华大使馆二楼会客厅里，一本阿拉伯语版《论语》很醒目。叙利亚驻华大使穆·哈桑内·哈达姆日前接受"我在中国当大使"栏目组采访时拿起书现场诵读。

　　这本阿拉伯语版《论语》是哈桑内大使的"心头好"。他还活学活用，结合个人经历演绎了一番："中国是朋友，我到中国来等于到朋友家做客，不亦乐乎？"大使介绍，这本阿语版《论语》是叙中两国学者合作的成果，两国学者还合译了不少中国典籍。通过阅读这些典籍，哈桑内大使走进了中国先贤的世界，认识了孔子、孟子、老子。

　　哈桑内大使并不满足于用阿拉伯语读中国典籍，他正在努力学中文。采访结束后，大使特意带栏目组参观了他学中文的"专用教室"：一间不大的办公室里，放置着白色写字板，上面用汉字写满了"晴天还是阴天""我要去爬山"等句子。大使指着写字板问："我写的汉字怎么样？"这让我们颇感意外，笔画工整的汉字不太像外国人的手笔，看来大使为学好中文着实下了苦功。他笑着说："我在东京工作时就靠自学通过了汉语水平考试一级和二级。"

哈桑内大使不断加深对中国文化的了解，他同时也希望把叙利亚文化介绍给更多中国朋友。面对栏目组的镜头，大使领着我们穿梭于楼上楼下，一一介绍使馆里琳琅满目的叙利亚手工艺品："这个木匣外观装饰着色彩斑斓的贝壳，内衬是有名的大马士革锦缎""大马士革锦缎还可以制成领带，也能装饰镜子""叙利亚人喝咖啡喜欢用这样的铜壶""这款橄榄皂来自阿勒颇，阿勒颇制皂工艺已有数千年历史""那些家具上雕刻的花纹都是几何图案"……

"叙利亚是个美丽的国家，我为叙利亚文化感到自豪。"哈桑内大使表示，叙利亚危机爆发前，每年吸引游客 800 多万人次，其中包括很多中国游客。现在叙利亚旅游业正在回暖，希望中国朋友去叙利亚走一走、看一看。他面向镜头郑重地说："我向中国朋友们保证，热情友善的叙利亚人会让你们感到宾至如归，你们一定会在叙利亚交到很多朋友，一定会喜欢上叙利亚文化。"

（文 / 吴正丹　原载于《人民日报海外版》2022 年
11 月 14 日第 8 版）

"叙"写千年文明传奇

叙利亚地处欧亚非三大洲交汇处，是古代东西方重要商道，自古也是兵家必争之地。各种文化在此交流融合，留下了丰富多彩的文化遗存。

坐拥无数古迹的叙利亚犹如庞大的露天博物馆，一座座历经风雨的古城述说着叙利亚文明传奇。大马士革古城、布斯拉古城、阿勒颇古城……叙利亚众多历史名城被列入世界遗产名录，这些城市曾目睹王朝兴衰，见证文明交融。

古城之美各有千秋。大马士革是叙利亚首都，位于叙利亚西南巴拉达河右岸，市区建在克辛山山坡上。阿拉伯人中流传着这样的谚语：人间若有天堂，大马士革必在其中；天堂若在天空，大马士革必与之齐名。在世界遗产委员会的评语中，建于公元前3000年的大马士革是中东最古老的城市之一。大马士革在中世纪因繁荣的手工业而闻名，如今汇聚了不同历史时期的125处古迹。走进大马士革古城区，会看到犹如《一千零一夜》中的景象：狭长的街市人来人往，手工艺作坊传来叮叮当当的敲打声，空气中飘散着烤肉香味……

叙利亚帕尔米拉古城遗址（叙利亚驻华大使馆供图）

　　布斯拉古城、帕尔米拉古城、阿勒颇古城都是古丝绸之路上重要的节点。其中，帕尔米拉古城以"沙漠新娘"的美名享誉四方。帕尔米拉古城位于地中海东岸和幼发拉底河间沙漠边缘的一片绿洲上，在公元1世纪末就成为连接波斯王朝与罗马帝国的贸易中心，其繁荣持续了约300年。帕尔米拉曾是中国货物在叙利亚地区最重要的集散地之一，也是货物销往地中海及埃及的必经之地。古丝绸之路是商旅之路，也是文化传播之路。

　　近年来，一批叙利亚古代文物精品来华展出，在深圳、成都、北京等

地巡展。镌刻楔形文字的泥版、身着典型苏美尔人服饰的雕像、源于埃及神话的羊首狮身斯芬克斯雕件、酷似"阿拉丁神灯"的青铜油灯……一件件珍贵文物让中国观众邂逅美索不达米亚，感受叙利亚文明的绚丽与厚重。

（文/吴正丹　原载于《人民日报海外版》2022年
11月14日第8版）

坦桑尼亚

Tanzania

"家人为我来中国当大使而骄傲"

——访坦桑尼亚驻华大使姆贝尔瓦·凯鲁基

坦桑尼亚驻华大使姆贝尔瓦·凯鲁基近照　付勇超／摄

"我来自一个医学世家，父亲是医生，母亲是护士，三个兄弟姐妹都是医生，小时候我的梦想也是成为一名医生。"坦桑尼亚驻华大使姆贝尔瓦·凯鲁基表示，"虽然我最终未能继承家族传统成为医生，但能够代表我的祖国到中国当大使，不仅是我个人的荣耀，更让我的家人倍感骄傲。"

近日，在接受人民日报海外网采访时，凯鲁基分享了他的职业生涯以及与中国的深厚缘分。而他丰富的个人经历，也构成了中坦友好合作大图景中的一块精彩拼图。

中国对世界的贡献不断增长

虽然凯鲁基儿时未曾想过有一天会成为驻华大使，但对很多坦桑尼亚人来说，中国，这个在地理上远隔重洋的国家，在心理上却很亲近。凯鲁基说："如果你来坦桑尼亚就会发现，坦桑尼亚独立后建成的绝大多数基础设施，都离不开中国的帮助。"凯鲁基特别提到了 20 世纪 70 年代中国援建的坦赞铁路，"中国那时候也不富裕，但中国还是援建了这条铁路，两国之间有着特殊的深厚友情。"

对中国的亲近感不仅留在坦桑尼亚人的历史记忆里，更跃动于坦桑尼亚人的日常生活中。在凯鲁基来华当大使前几年，坦桑尼亚就兴起了一股追中国电视剧的热潮。凯鲁基说，当时他身边就有不少朋友一集不落追《媳妇的美好时代》，坦桑尼亚人惊讶地发现，原来中国人也和他们一样有婆媳关系的问题，家庭生活有笑也有泪。"很多坦桑尼亚女性说，她们可以从剧中儿媳妇身上找到自己的影子。"

曾担任坦桑尼亚外交部亚洲司司长的经历，让凯鲁基产生了更浓烈的对华亲近感。凯鲁基说，他那时经常到中国开各种会议，每次都能发现中国的一些积极变化。"这是中国的世界影响力不断增强的时代。中国对世界的贡献正在增长，中国在应对气候变化、推动经济全球化等方面发挥着引领作用。没有什么时候比现在更适合来中国工作了。"

"在中国没有犯懒的机会"

到中国当大使两年多来，凯鲁基对中国最大的感受是"中国的变化不是以年计，而要以日计"。在北京的大部分时间里，凯鲁基每天6时起床后都习惯在离使馆不远的三里屯街区慢跑一个小时，他发现隔不了几天，周边都会有一些新变化。"三个月前，官邸前面那条路还没有呢；一个月前，新的照明灯也还没有呢！"

在凯鲁基看来，中国社会发展变化之快，让他的工作节奏不得不快一点、再快一点，"在中国没有犯懒的机会"。来中国后，凯鲁基始终保持着快节奏的生活——一个月里有半个月时间都在出差，一场接一场的会议、一场又一场的调研，在会议和调研的一点间隙，还要接受全中国各地媒体的采访。

通过这样的勤奋工作，凯鲁基希望能把中国各领域快速发展的更多经验带回坦桑尼亚。自20世纪60年代起，中国政府就开始向坦桑尼亚派遣医疗队，半个多世纪以来有2000多万坦桑尼亚民众接受中国医疗队治疗。凯鲁基说，他已为坦桑尼亚基奎特心脏病研究所与中国医学科学院阜外医院的合作牵线搭桥，推动北京大学国际医院和坦桑尼亚医疗机构建立起合作关系。"虽然我自己没能成为一名医生，但我很自豪，因为我帮助坦桑尼亚医生提升了技能，让他们更好地帮助病人。"

华为等手机在坦桑尼亚是"爆款"

谈及未来在中国当大使的工作计划，凯鲁基列了一份长长的清单。

凯鲁基希望吸引中国更多的建材和电子产品进入坦桑尼亚市场。他说，华为、传音等手机在坦桑尼亚是"爆款"产品，希望更多中国厂商直接在坦桑尼亚投资建厂。现在坦桑尼亚已经有不少中资企业，目前大约有5万坦桑尼亚人受雇于中资企业。"中资企业给坦桑尼亚年轻人提供了工作，有了收入的坦桑尼亚年轻人反过来又成为中国产品的消费者。"凯鲁基说，"我们欢迎并鼓励中国资金和技术进入坦桑尼亚，这将创造双赢的局面。"

凯鲁基也十分看重中国市场给坦桑尼亚农产品带来的巨大机遇。他表示，随着生活水平的提高，中国人对有机农产品的需求量越来越大，这对坦桑尼亚的牛油果、腰果和大豆来说是个好机会。"目前中国人还不能直接买到来自坦桑尼亚的牛油果，但我希望把它放在未来的贸易清单上。"

采访最后，凯鲁基一边介绍大使馆会客厅墙上的"赤道雪峰"乞力马扎罗山、塞伦盖蒂国家公园的动物迁徙等照片，一边郑重向中国游客发出热情邀请。凯鲁基表示，2018年有3.4万人次中国游客赴坦旅游，希望未来这一数字能大幅提升。

（文／王法治　原载于《人民日报海外版》2019年
9月27日第8版）

用镜头让大使"更接地气"

提起坦桑尼亚，我脑海中的第一印象不是非洲大草原上奔跑的角马，也不是文艺青年眼里乞力马扎罗山的雪，而是儿时听外祖父讲 20 世纪 70 年代援建坦赞铁路的故事。几十年前，外祖父作为中国援建队一员，在海上漂了很久来到这片古老而神秘的土地。恶劣的修建环境、热情的非洲朋友、美味的炸鸡，给外祖父留下了深刻印象，也在我的心中播下了一颗中坦友谊的种子。

对很多普通中国人而言，中坦友谊是一个耳熟能详同时又"高大上"的外交词汇。为了让受众更走近"中坦友谊"，让凯鲁基大使的中国故事更"接地气"，我们把采访的焦点放在了大使的求学经历、职业生涯上。当凯鲁基大使回忆跟中国的渊源时，我们将问题引申至他的家人对他到中国当大使的反应；当凯鲁基大使讲医学世家的家庭背景时，我们追问是什么改变了他的人生轨迹；当凯鲁基大使谈起在中国的繁忙工作时，我们很好奇他如何度过闲暇时光……

通过还原凯鲁基大使的日常生活，挖掘中坦合作大图景中的个人体验，让我们的文字、图片、视频更有温度、更有感染力。凯鲁基大使游历了很多中国城市，深圳的现代、成都的闲适、杭州的柔美、西安的古典，在他看来各具特色。比景色更吸引凯鲁基大使的，还有全国各地的特色美食，无论是烤羊肉还是辣子鸡，味蕾的刺激让他深深着迷。谈到各色美食时，凯鲁基大使一句脱口而出的中文"我吃饱了"逗乐在场的所有人。

采访中，使馆浓郁的非洲风情也成为我们镜头捕捉的细节。令人沉醉的桑给巴尔岛，辽阔苍茫的塞伦盖蒂大草原，还有狮子、斑马和成群的羚羊……使馆里随处可见的坦桑尼亚风光海报，为受众认识坦桑尼亚提供了更加直观的视角。

为了尽可能多取材，我们原计划半小时的采访拉长到一个小时，一直

恩戈罗恩戈罗保护区　亨德里克·科内利森／摄

处于录制状态的摄像机微微有些发烫。凯鲁基大使对我们的全媒体报道形式十分感兴趣，采访结束后，他第一时间在微信朋友圈分享了我们的采访现场图。凯鲁基大使希望通过人民日报海外网的平台，让坦中两国人民的心贴得更近。

（文/王法治　原载于《人民日报海外版》2019 年9 月 27 日第 8 版）

东帝汶

Timor-Leste

"我登上长城庆祝 60 岁生日！"

——访东帝汶驻华大使阿布朗·多斯·桑托斯

东帝汶驻华大使阿布朗·多斯·桑托斯近照　季星兆 / 摄

"正是因为中国采取了严格的防疫措施，今天我才能坐在这里与你们见面。"近日接受人民日报海外网采访时，东帝汶驻华大使阿布朗·多斯·桑托斯这番发自肺腑的感慨，道出了中国抗疫斗争见证者的心声。

桑托斯和中国人民共同经历了极不平凡的 2020 年，驻华工作的特殊开篇，让他对中国有了更深刻的认识，对发展东帝汶和中国关系有了更充足的干劲儿。

"相信中国防控疫情举措"

2020 年 3 月，桑托斯坐上飞往北京的航班，准备开启崭新的驻华生活。尽管面对种种不确定性，但桑托斯决心排除万难履职，"这是我应尽的责任"。

从飞机落地北京那一刻，桑托斯就深深感受到了中国抗疫举措的全面、严格、彻底，他说："所有人都戴着口罩，所有人都严守社交距离。"来到北京后，桑托斯也随时戴口罩、进出量体温。

随着中国疫情得到有效控制，各地进入常态化疫情防控阶段，桑托斯在 2020 年 9 月首次来到湖北武汉。"重启"的武汉，街头巷尾熙熙攘攘。当时武汉确诊病例早已清零，桑托斯观察到，所有人都严格保持安全距离，在室内外都戴着口罩。"我开始还想，为什么要戴口罩呢？这里明明没有病例了。后来我明白了，正是得益于中国人对防疫规定的严格遵守，中国才取得了如此显著的抗疫成效。我相信中国防控疫情举措，中国医务人员的辛勤付出令人敬佩。"桑托斯说。

"中国脱贫攻坚成就卓越"

特殊时期的工作经历，给桑托斯留下了很多记忆。在率先控制疫情的中国，桑托斯看到了一片勃勃生机的景象。

2020 年"十一"黄金周的假日经济，向世界释放了中国经济强劲复苏的清晰信号。这个假期，中国国庆节与中秋节"喜相逢"，桑托斯也迎来了他 60 岁的生日。"我登上长城庆祝 60 岁生日！"桑托斯说，一提起中国，全世界可能最先想到的就是长城，长城在东帝汶更是家喻户晓。虽然无法和家人共同庆生有遗憾，但能到向往已久的长城庆生也给桑托斯留下了珍贵回忆。

到长城当"好汉"、到福建品茶，桑托斯对中国文化的喜爱与日俱增。2020 年 11 月，桑托斯来到福建，在福州体验了中国茶文化的丰富多彩。大红袍、茉莉花茶让桑托斯赞不绝口，滋味鲜爽的白茶更让他印象深刻。"听说常常喝白茶会让人越来越年轻。"桑托斯笑言，"虽然这可能只是广告语，但喝茶肯定有益健康。"

福建之行不仅加深了桑托斯对中国茶文化的认识，也深化了他对中国脱贫事业的理解。一个拥有 14 亿人口的大国如何在短短几十年间摆脱绝对贫困？以"弱鸟先飞、滴水穿石"精神铸就的宁德样本讲述了中国摆脱贫困的历程。"过去连公路都不通的村庄，如今不仅交通四通八达，还有了学校、医院等完备的公共设施，当地人也住上了更好的房子、过上了更幸福的生活。"桑托斯感慨，2020 年，即使面对疫情的挑战，中国依然如期完成了现行标准下农村贫困人口全部脱贫的目标，中国各级政府和中国人民为此付出了巨大努力。"中国脱贫攻坚成就卓越，对此我表示热烈祝贺。"

中国基建闻名东帝汶

在桑托斯的中国印象里，完善的基建设施是浓墨重彩的一笔："在中国，无论走到哪里，公路桥梁随处可见。我还尝试了中国各种交通工具，中国高铁非常快！"

桑托斯情有独钟的中国基建，在东帝汶享有盛名。中国援建的东帝汶总统府、外交部办公楼、国防部和国防军司令部办公楼，已成为东帝汶首都帝力的地标性建筑。中国企业在东帝汶承建的"一网""一路""一港"项目也引人注目：东帝汶国家电网项目大大缓解了严重缺电的状况，苏艾高速公路成为东帝汶首条现代化高速公路，正在加快建设的蒂坝港项目建成后将成为东帝汶历史上首个现代化国际集装箱码头。"中国工程技术人员活跃在东帝汶修路建港的一个个现场，为东帝汶带来了基建领域的丰硕成果。"桑托斯认为，这是两国共建"一带一路"的生动缩影。

"一带一路"联通的不仅是道路，更是人心。桑托斯十分关心东帝汶教育发展，而中国是东帝汶教育发展的重要伙伴。"每年中国政府都会向东帝汶学生提供奖学金，涵盖本科、研究生、博士等各个阶段。"桑托斯表示，希望疫情早日结束，未来有更多东帝汶学生来中国留学。

随着两国多（双）边合作日益深化，经贸成果也不断刷新纪录。开放的中国把东帝汶特产带到了国际市场，带进了中国人的日常生活。东帝汶连续参加中国国际进口博览会，具有独特薄荷香味的东帝汶野生麝香猫猫屎咖啡成为明星商品。"东帝汶不仅有咖啡等特色农产品，还有丰富的渔业资源。欢迎中国企业扩大对东帝汶农业、渔业等领域的投资。"桑托斯表示。

我在中国当大使

对两国关系发展前景，桑托斯满怀信心。他说："中国是东帝汶 2002 年恢复独立后第一个建交的国家。建交 10 多年来两国关系始终牢不可破，双边合作造福两国人民。希望双边各领域合作未来得到进一步深化。"

　　（文/毛莉　任天择　原载于《人民日报海外版》
2021 年 2 月 19 日第 8 版）

东中两国守望相助

2002年5月20日恢复独立的东帝汶是年轻的国家。国土面积约1.5万平方公里、人口130余万，德顿语和葡萄牙语为官方语言，英语和印尼语为宪法规定的工作语言。

东帝汶位于东南亚努沙登加拉群岛最东端，包括帝汶岛东部、西部北海岸的欧库西飞地以及附近的阿陶罗岛和东端的雅库岛。东帝汶西部与印尼西帝汶相接，南隔帝汶海与澳大利亚相望。东帝汶的特色在于自然之美。山峦海滩，景色各异；东西南北，绚丽缤纷。首都帝力位于北部海岸，是一座融历史与现代于一体的城市，展现出东帝汶经济、社会、文化和政治发展的成果。

东帝汶国家战略发展计划将油气、农业和旅游作为经济发展的三大支柱。东帝汶正在崛起，各类产业发展潜力巨大。从石油、天然气和铜矿开采业，到农业、畜牧业，东帝汶正在整合优质资源，打造生产、出口高质量产品的平台。

东帝汶气候和土壤为种植经济作物提供了得天独厚的条件，檀香、橡胶、椰肉、棉花、甘蔗和椰油等质量上乘。帝汶海是吸引国际商业投资的主要因素之一，有大量未开发的油气田。基建也是一个增长点，老基建在翻修，新基建在拔地而起，在基建的更新换代中东帝汶正在加速现代化建设。得益于国内国际的投资，东帝汶的旅游和服务业得到长足发展。尽管目前变化主要发生在首都地区，但巨大发展潜力蕴含于东帝汶全境。

东帝汶与中国的友谊源远流长，早在 14 世纪就有中国人远渡重洋来到东帝汶。东帝汶恢复独立后，中国成为首个与东帝汶建交的国家。刚刚过去的 2020 年，东中两国面对新冠疫情更是相互支持、守望相助。东帝汶各界积极声援中国抗疫，中国向东帝汶提供了 9 批次医疗援助。经过疫情考验，东中两国关系和东中人民友谊更加深厚。2021 年，东帝汶将继续致力于推进同中国在各领域的合作，推动东中关系发展不断迈上新台阶，欢迎更多中国企业赴东帝汶投资兴业。

（文 / 东帝汶驻华大使阿布朗·多斯·桑托斯　原载于《人民日报海外版》2021 年 2 月 19 日第 8 版）

大使向中国朋友发出邀请

"我在中国当大使"栏目组来到东帝汶驻华大使馆，第一时间就被随处可见的"鳄鱼"吸引了。

茶几上摆放的鳄鱼玩具栩栩如生，拎在手里由一节节木雕拼接而成的身体甚至会灵活地左右摆动；办公桌间隔板上"蹲守"的鳄鱼布偶由粉色和绿色的花布料缝制而成，一改鳄鱼牙齿锋利、皮肤坚硬的形象，显得乖巧可爱；电视机柜上还有一尊背驮男孩的鳄鱼黑木雕，木雕下铺的衬布上印着的纹样依然是鳄鱼。

为什么这个使馆有如此多"鳄鱼"出没？东帝汶驻华大使阿布朗·多斯·桑托斯为栏目组解答。他端起背驮男孩的鳄鱼黑木雕，向栏目组道来东帝汶人的鳄鱼传说。

很久以前，一个小男孩救下一条小鳄鱼。若干年后，他们再次相遇。只要小男孩朝大海呼唤三声"祖父"，鳄鱼就会出现在他眼前。鳄鱼驮着小男孩漂洋过海、周游世界，结下深厚情谊。鳄鱼死后，它的身躯变成岛屿、骨骼化作黄金、血液变为石油，以报答男孩当初的救命之恩。"这座岛屿就是东帝汶人祖祖辈辈生活的土地。"桑托斯大使说。

鳄鱼传说承载着东帝汶的历史文化传统，也让外界窥见这个国度人与自然同在的精神内核。东帝汶是个多山、多湖、多泉、多海滩的岛屿国家，人们充分享受与大自然零距离亲近的和谐与宁静。使馆里的一景一物，吸引栏目组探寻东帝汶与自然同在的恬淡悠然。

茶几上的咖啡散发着淡淡薄荷香，桑托斯大使骄傲地告诉我们，"东帝汶咖啡豆不使用任何肥料，绝对绿色有机"；会客厅里摆放着大大小小的吊脚木楼模型，大使说，"今天很多东帝汶人依然居住在这样的传统民居里"……不加雕饰的自然之美，是东帝汶独特的名片。大使通过栏目组的镜头发出热情邀请："希望更多中国朋友了解东帝汶，走进东帝汶。"

（文/吴正丹　原载于《人民日报海外版》2021年
2月19日第8版）

邂逅东帝汶　回归质朴

　　在宁静的海边，看朝霞绚烂，看正午骄阳，看落霞芳菲；人们日出而作、日落而息，孩子们在溪流边玩耍，穿着草裙的少女冲调着醇香的咖啡，劳作的农人耕种、捕鱼……生活如此恬淡悠然，这就是东帝汶人简单而又充实的一天。如果你想远离喧嚣，追寻一份返璞归真的宁静，东帝汶绝对是令人向往的旅游目的地。

　　首都帝力三面环山，临海之地是天然的深水良港。高大的棕榈树在海滩上投下绿荫，独木舟停泊在岸边等待游人出海归来。在东帝汶，不仅可以享受所有海岸度假胜地都有的蓝天碧海，在帝力下海深潜，还能观赏色彩斑斓的珊瑚。

　　投入大海的怀抱，离岸越远，海的颜色越蓝。大约潜至 3 米深，奇幻美妙的海底世界随即映入眼帘——阳光依旧可以穿透海水，五颜六色的珊瑚披着鲜艳夺目的光泽，有的如嫩柳随波飘动，有的如牡丹雍容富贵。石脑珊瑚、鹿角珊瑚、石芝珊瑚都形如其名，更多不知名的珊瑚千姿百态。海葵、海星，还有无数斑斓的热带鱼穿梭其间，如梦如幻。在这静谧而又

东帝汶海滩美景　塔努什里·拉奥 / 摄

绚烂的海底世界，人与鱼为伴，嬉戏于珊瑚间；人与海融为一体，心灵也会得到一份难得的安宁。

　　海的美只是东帝汶这幅令人神往画卷的底色，淳朴善良的东帝汶人才是画卷的主角。作为一个年轻的国家，东帝汶百业待兴，东帝汶人的物质生活并不富裕，但他们对生活的乐观豁达一定会深深打动到访的每一位游客。辛苦劳作一天，东帝汶人常常在夜幕降临时载歌载舞，以此作为生活的调剂。在歌声与笑声中，人们看到的是东帝汶人对幸福生活的憧憬。

每逢宾客临门，热情的东帝汶人会双手捧起围巾一般的"泰斯"（类似"哈达"）献上见面礼。"泰斯"展现了东帝汶民族传承已久的织布工艺，纹样色彩饱满、图案精致。"泰斯"红、黄、黑色的经典搭配也是东帝汶国旗的配色。将"泰斯"搭在客人肩头，是东帝汶人表达友好的方式。

（文 / 吴正丹　原载于《人民日报海外版》2021 年
2 月 19 日第 8 版）

特立尼达和多巴哥

Trinidad and Tobago

中国的快速发展令人瞩目

——访特立尼达和多巴哥驻华大使刘娜

特立尼达和多巴哥驻华大使刘娜近照　陆宁远／摄

在加勒比海南端，坐落着美丽的特立尼达和多巴哥共和国（简称"特多"）。这里资源丰富、风光秀丽、文化多元，独具魅力的钢鼓乐和狂欢节享誉世界。2021 年 11 月，刘娜赴中国出任特多驻华大使。她表示，特中有着许多深层联系，但两国大多数人民对此并不了解，作为华裔，她盼望能在任期内为两国交往增添温度。

在特多，叉烧包非常流行

特多与中国的友好关系源远流长，驻华大使刘娜的家庭就是两国传统友谊的缩影。她介绍，1974 年特中两国正式建交前就有悠久且颇具意义的人文交流史。1806 年，中国移民首次抵达特多，这是中国人在西半球第一次有组织的定居。20 世纪 40 年代末，刘娜的祖父母从广东中山迁往特多。"大多数华人移民来到特多后，一边学习英语融入当地，一边经营商铺养家糊口。"从店主、餐馆老板、小商贩到商品销售、进出口、农业，各行各业的特多华人已成为当地社会不可缺少的一部分。

尽管远离故土，但特多华人努力将中华文化理念、传统习俗传递给子孙后代。刘娜表示，中华文化深嵌于特多社会文化中，特多首都西班牙港繁华的唐人街就是明证。华人开设的各类商铺遍布街道两旁，不时飘出中国美食的香味。"在特多，叉烧包非常流行，被亲切称为'pow'，和馄饨一样受到好评。当地华人也经常聚在一起，庆祝春节、端午节等中国传统节日。"

近年来，中特政治互信不断加深，各领域务实合作持续深化。刘娜见证了两国关系许多重要瞬间：习近平主席 2013 年 6 月对特多进行国事访问——这是他就任中国国家主席后访问美洲的第一站，2018 年 5 月特多总理基斯·罗利对中国进行正式访问。在此期间，特多成为英语加勒比地区第一个加入"一带一路"的国家……"在特中关系坚实的基础上，我将继续努力加强两国人民之间的联系和友谊。"刘娜说。

中国新发展理念值得点赞

刘娜出任驻华大使前曾多次到访中国，中国基础设施建设和城市面貌给她留下深刻印象。"中国的快速发展令人瞩目。我经常去广东和浙江，亲眼见证诸多城市快速发展。有些城市时隔一年再去，我甚至都记不清一年前的模样。"在刘娜看来，许多中国城市就像一个个经济枢纽，现代化的机场和酒店配备了最先进的设施，"宽阔的道路和公共交通系统像是一夜之间就建成了。"

刘娜认为，发生巨变的还有中国人民的生活方式。"最令我惊讶的是，中国在很短的时间内就完成了电子商务的普及。"刘娜说，随着移动互联网迅速发展，微信、淘宝等手机 App 成为人们的"必需品"，工作与生活更加便捷高效。她记得，在 20 年前的上海和广州街头，人们还需要招手拦"的士"，几乎所有商贩也只接受现金。"但今天，人们可以通过手机应用预订出租车、高铁票和飞机票。在街上购物，只需扫描商家的二维码即可轻松付款。"

刘娜表示，在中国经济更加追求创新发展、绿色发展、数字发展的过程中，自己有幸坐在"前排"近距离观察。在她看来，"中国的新发展理念值得点赞，与特多加强创新、多元、可持续发展能力建设的国家愿景高度契合"。

计划与中国电商平台合作

尽管地理位置相隔遥远，但中特合作交流日益紧密。刘娜介绍，近些年，特多产品不断在中国亮相：特多产出的沥青铺设了世界多国的街道、桥梁和机场跑道，包括北京的环路街道、首都国际机场和大兴国际机场跑道以及港珠澳大桥；特多优质朗姆酒等产品也已出现在中国电商平台，丰富了中国消费者的选择……

刘娜说，特多能源资源丰富，是世界上最大的氨、甲醇和液化天然气出口国之一，中国有机会和特多在能源方面进行合作。特多还是英语加勒比地区一个重要的制造业和工业基地，生产世界级朗姆酒、巧克力、香料和辣椒酱。去年进博会上，不少特多商品吸引了中国消费者。"今年我们期盼参加第五届进博会，展示特色产品。"刘娜说，"我们计划与中国电商平台合作，向中国消费者提供优质选择。特多制造商正专注于出口方面的能力建设，做好充分准备发掘中国的庞大市场和多元化需求。"

特立尼达岛中西部的凤凰工业园 2020 年 3 月开工，是近年来中特合作的一大亮点。特多在加勒比国家中率先参与共建"一带一路"，凤凰工业园是"一带一路"建设在加勒比地区首个落地项目，具有重要示范意义。"5G 通信网络全覆盖的凤凰工业园是特多实现经济多元化的主要驱动力，促进了特多非能源部门特别是高价值制造业、轻工业、物流、仓储等新兴产业和信息通信技术的发展。"刘娜说，"凤凰工业园帮助特多推动实现了经济多元化，这一点意义重大。"

（文/张六陆　原载于《人民日报海外版》2022 年
8 月 29 日第 8 版）

出任驻华大使意义重大

能够代表特立尼达和多巴哥共和国出任驻华大使，是无比的光荣。作为一名华裔，来到中国赴任意义重大，我非常荣幸能作为特立尼达和多巴哥与中国之间的桥梁，继续深化双方的密切交往和友谊。

基于相互尊重和合作共赢的原则，特中两国建立了深厚且富有成效的双边关系。两国人民交往也有悠久传统，最早可追溯到1806年，当时，特立尼达和多巴哥是拉丁美洲和加勒比地区首个欢迎中国移民的国家。今天，来自中国的移民及其后代已深深融入特立尼达和多巴哥的多元文化中。

多年来，特中共享许多"历史首次"证明了两国交往之密切。2013年，习近平主席对特立尼达和多巴哥进行了国事访问，这是中国国家主席对特多及英语加勒比地区国家的首次访问。2018年，特中两国正式签署《中华人民共和国政府与特立尼达和多巴哥政府关于共同推进丝绸之路经济带和21世纪海上丝绸之路建设的谅解备忘录》，特多成为英语加勒比地区第一个加入"一带一路"建设的国家，开创了两国务实合作新时代。随着这份文件的签署，加勒比地区首个"一带一路"项目——特多新工业园项目正式落地并步入快车道。

今年是特多独立 60 周年，也是与中国建交 48 周年。作为一个相对年轻的独立国家，我们有很多值得庆祝的成就。

特多是发展中国家，位于加勒比海岛链南端，人口少，国土面积较小，但独特的种族多样性造就了特多独特的文化。例如，特多传统民族乐器钢鼓驰名海外，诞生于特多的加勒比狂欢节已经传到了纽约、多伦多、伦敦等城市。希望在不久的将来，我们能在北京与您分享特多传统音乐的魅力与节日的活力。

特多是加勒比地区的工业中心，在石油和天然气行业经验丰富，也是世界上最大的氨、甲醇和液化天然气出口国之一。特多的人均国内生产总值在美洲国家中位居前列，之所以能够做到这一点，是因为特多保持市场开放，并与全球多个经济体建立了密切合作。其中，中国是特多最重要的合作伙伴之一，通过"一带一路"建设，双方加强务实合作，同时推动实现特多经济多元化发展。

在担任驻华大使期间，我将致力于在特中两国政府、人民和产业之间搭建桥梁，携手前行。当前，两国都处于经济社会发展的关键时期，我希望未来可以进一步深化推进特中之间的经济合作和人文交流。

（文 / 特立尼达和多巴哥共和国驻华大使刘娜　原载于《人民日报海外版》2022 年 8 月 29 日第 8 版）

女大使即兴敲起特多钢鼓

"欢迎大家来到特立尼达和多巴哥共和国驻华大使馆！我来亲自给大家做向导。"当"我在中国当大使"栏目组走进特多驻华使馆大厅，刘娜大使优雅的笑容与热情的问候一下拉近了彼此距离。追随这位"向导"的脚步，我们的镜头聚焦使馆丰富多样的特产展品，迷人的加勒比风情扑面而来。

最亮眼的展品要数3套特多狂欢节传统服饰：一套是火红色的羽毛装，颈部与胸口缀满华丽的金银亮片；第二套主色调是亮橙色，背部的翅膀造型足有一人多高，还搭配极具神秘色彩的金色面具；第三套以海蓝色为主，精致的流苏设计透着十足的民族风情。

介绍完3套服饰，刘娜大使绘声绘色地描述每年特多狂欢节的盛况——持续数星期的钢鼓比赛与音乐派对只是狂欢节的前奏，在节日到来前的黎明时分，伴着民族风情的乐曲，兴高采烈的人们在周身涂抹五彩颜料，用欢快的舞蹈迎接即将到来的日出。临近正午，音乐大卡车载着乐队在首都西班牙港大街小巷穿梭，将欢乐与激情播撒到城市的每个角落。欢腾的歌舞表演会持续到深夜，羽翼服饰奢华、造型张扬不羁的舞者在聚光灯下争奇斗艳，灯火通明的街市洋溢着欢声笑语。

刘娜介绍，狂欢节是特多文化的独特表达，体现不同种族在这个岛国和谐相处。"希望中国朋友有机会来特多入乡随俗体验一番，穿上色彩缤纷的服饰，融入我们最重要的节日。"

如果说狂欢节是特多艺术文化的七彩调色盘，那么钢鼓演出无疑是其中的一抹亮色。钢鼓由特多人发明，在特多驻华使馆大厅就陈列了一架钢鼓，远看像是一只锃亮的汽油桶，走近发现"金属桶"的内壁凹凸不平，桶底还摆放了一对鼓槌。刘娜大使拿起鼓槌，即兴敲起来。钢鼓的声响不似皮面鼓闷雷般的轰响，而是发出清脆的金属音，宛如潺潺流水，叮叮咚咚流入心田。

"听！敲击鼓面的不同区域，可以呈现不同音色。"在刘娜大使指导下，我们接过鼓槌，看大使敲鼓似乎轻而易举，亲身试过方知，颇需几分力道才能奏出轻快的鼓乐。钢鼓代表着当地土生土长的文化，而特多文化这面多棱镜还折射出许多不同的光彩——印度裔、非洲裔、阿拉伯裔、亚裔等一起生活在这里，融合成一个大家庭。

（文 / 吴正丹　原载于《人民日报海外版》2022 年
8 月 29 日第 8 版）

双岛之国的繁荣与宁静

　　一边濒临加勒比海、一边面朝大西洋，大岛特立尼达、小岛多巴哥与21个较小岛屿构成了特多这个令人陶醉的双岛之国。其中，特立尼达岛形如号角，因石油和天然气工业而欣欣向荣；多巴哥岛因水下珊瑚仙境而闻名，被特多人视为大自然慷慨馈赠的珍贵礼物。乘渡轮或小型飞机越过一条42公里宽的浅浅海峡，就可以感受繁荣与宁静共存的双岛之国。

　　西班牙港位于特立尼达岛，是特多首都，也是加勒比地区重要的金融服务中心。城中几座具有历史意义的建筑展现了当地多元的文化。名为"基拉尼"的斯托尔迈耶城堡位于萨凡纳女王公园西侧，城堡恢宏壮丽、结构精巧。

　　特立尼达岛有众多自然景观。马拉卡斯湾是一个新月形海滩，四周虽被棕榈树环绕，但仍能看到热带森林和山峰，是特立尼达北岸最受欢迎的海滩。游客可得尝尝当地爆火的街头食品——鲨鱼三明治，由油炸面包裹上调味过的鲨鱼片、果蔬和各种调味品，甜辣皆有。

　　位于特立尼达岛西南部的沥青湖是世界上最大的天然沥青湖，也是颇受欢迎的旅游景点。沥青湖面积 41 公顷，已探明储量超过 600 万吨，每年为特多出口创收 400 万至 800 万美元。湖面黝黑发亮，湖中央源源不断从地下涌出沥青，令远道而来的游客称奇。

卡罗尼沼泽是特多第二大红树林湿地，也是鸟类保护区，游客游览时可乘皮划艇穿梭于红树林间的水道。卡罗尼沼泽物种繁多，包括凯门鳄、蟒蛇、白鹭以及不同类型的螃蟹等，其中最为特别的要数呈现在特多国徽上的美洲红鹮，它身形修长，通身火红如焰，唯翅尖羽毛一抹黑色。傍晚是游客赏鸟的最佳时机，美洲红鹮从海边觅食后返回红树林栖息，成群结队的赤色鸟群犹如天边云霞，灿烂夺目。

特立尼达岛的加勒比风情令人流连忘返，多巴哥岛能让游客的心更宁静。风景秀丽的鸽子角被称为多巴哥岛最美的海滩，有闻名世界的茅草屋顶码头——长长的栈桥向大海延伸，茅草屋立于桥头，这一景象是国际公

多巴哥岛鸽子角海滩美景（特立尼达和多巴哥共和国驻华大使馆供图）

认的多巴哥地标。往丛林深处探秘，一座三叠瀑布映入眼帘。位于多巴哥大西洋沿岸罗克斯伯勒附近密林里的阿盖尔瀑布是多巴哥最高的瀑布，在雨林中循着导游路标，即可徒步抵达瀑布脚下。

在海滩观赏世界上最大的海龟——棱皮龟，与当地人一起庆祝特色节日——排灯节……美丽的双岛之国热情迎接全世界游客的到来。

（文／吴正丹　原载于《人民日报海外版》2022年8月29日第8版）

特立尼达和多巴哥

土耳其

Türkiye

我／在／中／国／当／大／使

"中国很美，中国朋友对我们很友好"

——访土耳其驻华大使伊斯梅尔·哈克·穆萨

土耳其驻华大使伊斯梅尔·哈克·穆萨近照　陆宁远／摄

"想要带你去浪漫的土耳其"，一句流行歌词让不少人对土耳其心驰神往。土耳其驻华大使伊斯梅尔·哈克·穆萨在接受采访时表示，希望能看到更多土耳其和中国的"双向奔赴"，促进两国关系更加紧密。

"见证了'中国制造'的品质"

2013 年 9 月和 10 月，中国国家主席习近平在出访中亚和东南亚国家期间，先后提出共建"丝绸之路经济带"和"21 世纪海上丝绸之路"的重大倡议，获得国际社会高度关注。2015 年，中国政府与土耳其政府签署关于将"一带一路"倡议与"中间走廊"计划相衔接的谅解备忘录，为两国深化合作注入新动力。

作为备忘录签署的见证者之一，穆萨对此印象深刻。他说，土耳其是最早支持共建"一带一路"的国家之一，在双方共同努力下，"一带一路"倡议与土耳其"中间走廊"计划深度对接，务实合作成果不断落地，由中国企业承建的现代化电厂胡努特鲁电厂就是其中之一。2022 年 6 月 28 日，胡努特鲁电厂 1 号机组顺利投运，项目总装机容量 1320 兆瓦，排放优于欧盟标准。项目建成后，每年可为土耳其供应电力 90 亿千瓦时，成为土耳其最稳定的能源保障。穆萨表示，这一项目的顺利运转可以看出两国在"一带一路"倡议下合作的巨大潜力。

穆萨说，在"一带一路"倡议下，中国企业对土耳其的投资热情不断提高，投资领域正向基础设施、能源、通信等多领域拓展，大型合作项目不断出现。土耳其昆波特码头是"一带一路"沿线重要港口，中资企业联合体收购码头 65% 股权后，保留了土方全部运营团队和员工，实施本地化管理，集装箱吞吐量和营收不断增长。同时，由中国企业参与建设的连接土耳其首都安卡拉和伊斯坦布尔的高速铁路（安伊高铁），是中国企业在海外组织承揽实施的第一个电气化高速铁路项目，已成为中国高铁的亮眼名片。"两国在'一带一路'倡议下有着广阔的合作增量空间，我曾经体验过由中国企业参与建设的安伊高铁，感觉很棒。从中我看到了中国企业的效率，见证了'中国制造'的品质。"穆萨说。

学习中文有"诀窍"

随着经贸往来日益密切，中土两国人文交流也热气腾腾。"学习汉语"成为越来越多土耳其人的选择。土耳其有多所孔子学院，成为土耳其人学习中文、了解中国文化的新窗口。土耳其学生在这里不仅可以学习中文，还能领略独具魅力的中国文化，加入人文交流的行列，为两国关系发展注入新的动力和活力。

穆萨曾学过中文，未来还将继续学习，他分享了自己学中文的"诀窍"："学好中文并不容易。在我看来中文很有意思，每个汉字都有自己的故事，理解汉字背后的意思对学好中文很有帮助。"

"到中国去"也受到越来越多土耳其人的青睐。北京、上海、广州、香港……随着两国更多直飞航班的开通，两国人员流动更加便捷。穆萨认为，要真正了解一个国家，就要亲身去这个国家。"中国很美，中国朋友对我们很友好。当你身处中国，会感受到其快速发展。"穆萨说。

随着中土友好的民意基础不断夯实，两国人民有了更多的"双向奔赴"。今年 8 月 10 日，中国文化和旅游部办公厅发布《关于恢复旅行社经营中国公民赴有关国家和地区（第三批）出境团队旅游业务的通知》，恢复全国旅行社及在线旅游企业经营中国公民赴有关国家和地区（第三批）出境团队旅游和"机票＋酒店"业务，土耳其位列其中。穆萨表示："中国恢复中国公民赴土耳其的团队游对土耳其意义重大，后续将有更多成效，不仅会为旅游业带来收入，更有利于促进两国文化交流，我们乐见土中两国更多双向交流，让这两个有着源远流长历史的国家友好关系更进一步。"

患难中更见真情

中土双方守望相助、携手共进，在患难中更见真情。今年 2 月 6 日，土耳其南部靠近叙利亚边境地区发生强震，造成重大伤亡。中国救援队派出救援人员 21 批次、308 人次，搜索评估建筑 87 栋，排查总面积超过 70 万平方米，共营救被困人员 6 人，搜寻遇难者 11 人。在频繁余震的侵袭中，在灰尘和砂石的包围中，中国救援队不停奔走、探测、破拆、救助，以实际行动践行着人类命运共同体理念。

地震发生时，穆萨正在土耳其。他说，中国救援队第一时间赶到灾区，争分夺秒地冲进废墟，努力寻找每一个可能的生命迹象，小心翼翼地救治伤员。"我被中国救援队的救援质量和人道主义精神深深震撼。"穆萨说。

"谢谢你们""这就是人类命运共同体的守望相助""你们太棒了"……救援完成后，土耳其网友在社交媒体上写下对中国救援队的感激和称赞。穆萨说，中国救援队和土耳其人在危急时刻建立起了深厚友谊，土耳其人民对中国救援队深怀感恩之情，这次经历也让两国在应急管理等领域有了探索更多合作的可能，"我们两国齐心协力，未来将有更多的合作空间"。

今年 6 月，土耳其驻中国成都的总领事馆开馆，同时开通了伊斯坦布尔和成都之间的直飞航班。穆萨希望通过这些举措传承两国的"丝路友谊"："我们期待深化对华各领域合作，全方位加强两国根深蒂固的双边关系，让两国人民加深彼此了解、联系更加紧密。"

（文/武慧敏　原载于《人民日报海外版》2023年11月6日第5版）

土中携手合作向未来

土耳其和中国的交往可追溯到几个世纪前。自2010年建立战略合作关系以来，两国从经济到贸易、从文化到教育、从旅游到交通等各领域的合作取得了显著进展，在各行业交往密切；加强双边关系的同时，两国在地区和全球合作上互动频繁。

土耳其从一开始就大力支持中国提出的"一带一路"倡议，土耳其"中间走廊"计划与"一带一路"倡议有天然的协同。2020年12月，首趟对华出口商品货运班列从土耳其出发抵达中国，成为开辟便利贸易新航线的转折点。"一带一路"倡议和"中间走廊"计划不仅促进了两国合作，也为地区和全球稳定、繁荣与发展提供了机遇。

胡努特鲁电厂是两国建交以来中资企业在土耳其直接投资金额最大的项目，电厂位于土耳其南部阿达纳地区，是"一带一路"倡议和土耳其"中间走廊"计划对接的重点项目。该电厂于2022年投入运行，在2023年2月土耳其经历严重地震灾害后完好无损、屹立不倒，持续为该地区提供电力供应。

我们希望将来能有更多合作项目为土耳其可持续发展作出贡献。加大中国在土耳其"一带一路"建设范围内的投资，推进基础设施领域合作，在双赢的基础上利用好"数字化转型"福利，不仅为商界作出直接贡献，也将有助于深化土中关系。

土耳其根据联合国可持续发展目标，与国际社会保持积极合作。土耳其签署了《巴黎气候协定》，力争到2053年实现净零排放目标，并愿与其他国家在电动汽车、绿色能源、数字技术等领域开展合作。土方赞赏中方在这些领域取得的进展以及为国际社会作出的贡献，愿与中方一道，将此领域纳入双边合作。

源远流长的历史交往、独特的区位地理优势、前景广阔的发展需求等推动土耳其和中国进行更密切、更有力的合作。两国关系在各领域得到深化和发展，不仅有利于两国人民的福祉，也将为地区和全球的和平、稳定与发展作出重要贡献。

（文/土耳其驻华大使伊斯梅尔·哈克·穆萨 原载于《人民日报海外版》2023年11月6日第5版）

我在中国当大使

大使特意准备了"示意图"

走进土耳其驻华大使馆宽敞的会客厅，一座中式木雕置物架引起了"我在中国当大使"栏目组的兴趣，架子上搁置着各色各样的瓷器，古色古香的气息扑面而来。

端详木架上的瓷器，白色瓷瓮鎏金装饰，瓮身几朵蝴蝶兰的纹样栩栩如生；细口瓶上布满金色与碎花的带状条纹。还有一只瓷盘别具一格，红色釉彩描绘了土耳其国旗上的星月标志……中土源远流长的丝路故事从使馆陈设中可见一斑，而瓷器正是中国与土耳其千年丝路情缘的见证。

在与土耳其驻华大使伊斯梅尔·哈克·穆萨的交流中，大使对"一带一路"这个话题谈得很深入。"10年来，共建'一带一路'取得历史性成就，成果惠及150多个国家。"穆萨大使回忆起2019年首列途经土耳其的中欧班列开通的情形。"列车从中国腹地西安出发，经过土耳其的马尔马拉海底隧道，一路畅通无阻抵达欧洲。"大使拿出早已准备好的示意图展板，兴致勃勃地介绍："知道你们要来，我们特意准备了这幅地图，可以直观地了解土耳其'中间走廊'计划与'一带一路'倡议是如何对接的。"穆萨大使先在地图上准确点出北京与喀什的位置，接着引导我们看向中亚地区，介绍了穿越阿塞拜疆、土耳其和格鲁吉亚三国的巴库－第比利斯－卡尔斯铁路。"接下来就来到伊斯坦布尔。"大使说，土耳其充分发挥地跨亚欧的地理优势，在博斯普鲁斯海峡投资兴建了亚欧大陆桥和海底隧道。"经由'一带一路'，从北京、西安到伊斯坦布尔、伦敦，万里路途大大缩短，为人们的出行提供了便利。"穆萨大使说。

在土耳其红茶的缕缕茶香中，我们聆听大使的讲述，记下一个个跨越山水的故事，感受着这份流传千年的深厚情谊。

（文/吴正丹　原载于《人民日报海外版》2023年11月6日第5版）

伊斯坦布尔是一座"爱猫之城"

    无论是在街头巷尾还是在广场公园，走在伊斯坦布尔的大街小巷，随处可见猫的身影。在这座历史悠久的千年古城，猫已经成为最有特色的代名词。

    伊斯坦布尔市公布的数据显示，伊斯坦布尔约有 12.5 万只流浪猫，使得这里成为名副其实的"猫之城"。各种颜色、体型和年龄的猫在这座城市几乎随处可见，徜徉街头就会发现，有的猫在汽车引擎盖上伸着懒腰享受"日光浴"，有的猫大摇大摆地"搭乘"公交车邻人而坐，有的猫则在街边自动喂食站"集结"等待行人投喂，还有的猫常年躲在咖啡厅或图书馆的角落眯眼休憩……真是伊斯坦布尔的一道别样风景。

    猫与这座城的故事，最早可以追溯到 700 年前，是伊斯坦布尔最古老的"居民"之一。据英国广播公司报道，在 14 世纪的伊斯坦布尔，由于城市建筑多为木质构造，易招鼠患，因此居民多饲养猫用以捕鼠。久而久之，在伊斯坦布尔大街小巷，猫的数量越来越多，它们中的多数没有固定"主人"，当地人也都习惯了这种散养猫的状态。

在卡帕多基亚，数百只观光热气球升空静谧飘浮（土耳其驻华大使馆供图）

　　伊斯坦布尔人爱猫，并非只停留于临时起意的摆拍或随手投喂食物，在伊斯坦布尔街头，随处可见自动猫粮贩卖机，只需要投入两个塑料瓶就可为流浪猫换来一顿美餐。市政府还创设了"兽医流动巴士"驻扎在城市不同区域，为流浪动物提供医疗救治服务……人类与动物和谐共生的场景在这座古城频频上演。

　　不少远道而来的游客评价说，土耳其可谓遍地"猫咖"。都市有猫并不少见，但能得到"爱猫之城"的美誉，足以体现这座城市所拥有的深切人文关怀。伊斯坦布尔，等待着更多游客来此感受人与自然充满爱意的温暖。

　　（文/陆宁远　原载于《人民日报海外版》2023年11月6日第5版）

津巴布韦

Zimbabwe

"来到中国，就像回到了家"

——访津巴布韦驻华大使马丁·切东多

津巴布韦驻华大使马丁·切东多近照　付勇超 / 摄

2020 年是中国与津巴布韦建交 40 周年，值此时刻出任津巴布韦驻华大使，马丁·切东多倍感荣幸。切东多近日在接受人民日报海外网采访时表示："津巴布韦就是在与中国人民并肩战斗中获得民族解放的。对我来说，来到中国，就像回到了家。"

作为一名 20 世纪 70 年代即投身津巴布韦民族解放斗争的"老战士"，切东多的个人职业生涯与津巴布韦国家发展进程紧密相连。由此他见证了中国与津巴布韦风雨同舟的深情厚谊，由衷盼望"深化拓宽两国合作领域，为两国人民创造一个共赢的未来"。

"长征精神给了我们鼓舞"

虽然来华工作时间不长，但对切东多来说，他和中国的缘分早在近半个世纪前就开始了。

在 20 世纪津巴布韦民族解放斗争进程中，有许多津巴布韦自由战士在中国及坦桑尼亚纳钦圭阿营地接受中方培训，1977 年投身民族解放斗争的切东多就是其中一员。回忆起那段浸透着火与血的岁月，切东多感慨良多："从那些英勇热忱的中国教练员身上，我了解到中国艰苦卓绝的革命史，尤其是长征精神给了我们为津巴布韦解放而奋勇战斗的鼓舞。"

津中两国人民并肩战斗结下的战友情，在两国交往史上留下悠远回响。

切东多列举了津巴布韦首任教育部部长、华裔女政治家费琼的故事。"在津巴布韦解放斗争时期，费琼就和我们在同一战壕里战斗。今天，费琼还在各种国际组织中代表津巴布韦发声。"切东多表示，费琼的故事正是津中特殊情谊的生动写照。

"津巴布韦人感觉中国和中国人很亲切。"切东多说，津巴布韦有很大的华人社区，他们不仅在矿业、农业等各领域为津巴布韦经济社会发展作出贡献，还积极承担社会责任。谈起为津巴布韦孤儿送去关爱和温暖的华侨慈善组织"非爱不可"妈妈团体，切东多屡屡点赞。他说，中国人积极融入津巴布韦社会，就像鱼和水的关系一样。

"感谢中国仗义执言"

切东多不仅亲历了津中在民族解放斗争时期的并肩战斗，也见证了两国在国家发展进程中的携手前行。

切东多说，在 20 世纪 80 年代，他就曾接待到津巴布韦援建国家体育场的中国朋友。这座由中国人设计并建造的体育场是当时津巴布韦唯一一座大型体育场，为津巴布韦人打开了一扇了解中国的窗口。

在民族复兴道路上阔步前行的中国，没有忘记昔日的亲密兄弟，对津巴布韦走自主选择、符合国情的发展道路给予坚定支持。切东多表示，津巴布韦寻求独立解放的一个重要目标，就是希望从 4000 多名殖民者那里夺回大片沃土良田。津巴布韦的土改政策让津巴布韦人成为自己土地的主人，却触动了一些西方国家的利益，遭到西方国家制裁，曾引发通货膨胀、经济衰退等连锁反应。"我很高兴我们现在度过了一张纸币百万亿面值的恶性通胀时期，这尤其离不开中国等战略伙伴的帮助。当西方制裁津巴布韦时，是中国为津巴布韦仗义执言。"

切东多表示，当前津巴布韦经济出现了复苏势头。津巴布韦正在加快改革步伐，以法治为基础推动经济建设，努力改善营商环境，提高营商便利度，非常欢迎中国企业到津巴布韦投资兴业。

"对中国的认同感越来越强"

作为津中友谊 40 年风雨不改的见证者，切东多对推动两国关系提质升级有一份特殊的使命感，"我会尽我所能加深津中友好关系"。

切东多期待密切两国人文交流，巩固两国友好民意和社会基础。就任驻华大使以来，切东多走在观察和了解中国的第一线。在内蒙古，热情奔放的草原风情让切东多印象深刻，"我不仅收到了洁白的哈达，还体验了一回草原婚礼，象征性地成了中国人的'妹夫'"；在深圳，切东多看到了改革开放的非凡成就，"我 20 世纪 80 年代第一次来中国时满街都是自行车，而今天变成了满街小汽车"；在上海，切东多通过中国国际进口博览会的大舞台看到世界目光汇聚东方……走访的中国城市越多，切东多对中国的认同感就越强，"无论我走到何地，都能深深感受到中国人的民族自豪感、对国家的归属感以及强烈的自信心，这一点非常了不起"。

切东多希望越来越多津巴布韦人了解今天的中国，也期待更多中国人走进津巴布韦。他高兴地表示，津巴布韦维多利亚瀑布闻名世界，近年来去那里度蜜月的中国年轻人越来越多。"欢迎更多中国游客来到津巴布韦，这将促进两国人民相互了解。"

除人文交流领域外，切东多还希望以农业合作为抓手进一步提升两国合作水平。切东多表示，中国完成了养活 14 亿人的奇迹，津巴布韦人口不到 2000 万，希望借鉴中国的经验保障粮食安全。农业是津巴布韦经济发展的基石，津巴布韦有肥沃的土壤、适宜的气候及丰富的水资源，发展农业大有潜力。"中国杂交水稻技术已经在马达加斯加成功推广，津巴布韦希望学习中国先进的农业科技，在中国的帮助下改善农业发展机制。"

2020 年中国将全面建成小康社会，实现第一个百年奋斗目标，津巴布韦将庆祝独立 40 周年，两国都处在国家发展和民族振兴的重要节点。在此背景下，双方加强治国理政经验交流的重要性凸显。切东多表示，津巴布韦要实现 2030 年建设成为现代化中等收入国家的愿景，就必须坚持法治和善政。中国在反腐制度化、法治化方面的经验以及加强社会诚信体系建设方面的做法等都值得津巴布韦借鉴。

（文 / 毛莉　栾雨石　原载于《人民日报海外版》
2020 年 2 月 10 日第 8 版）

津巴布韦永远感激中国的友好

进入 2020 年，我们见证了新世纪又一个十年的开启。这一年恰逢中国农历鼠年，生肖鼠寓意机敏聪慧，我们很高兴与中国人民共同庆祝鼠年的到来。

2020 年对于津巴布韦意义重大，4 月 18 日我们将迎来津巴布韦独立 40 周年。这一天，也是津巴布韦与中国建交 40 周年。不过，对津巴布韦人民来说，同中国的友谊可以追溯至更早的津巴布韦民族解放斗争时期。尽管当时中国国内发展任务艰巨，但中国仍然为津巴布韦民族解放斗争提供了重要援助。津巴布韦将永远感激中国的友好！

从那时起，津中关系经受住了时间考验，并不断向新高度发展。在两国领导人的引领下，津中关系上升为全面战略伙伴关系。多年来，两国政治、经贸、投资、人文等各领域合作不断加强。

在基础设施、能源、农业和电信领域，中国取得了有目共睹的成就，我对此表示深深的敬意。我们相信，在津巴布韦为实现 2030 年发展愿景而进行的改革中，中国将继续通过对津巴布韦关键经济领域的投资来加深两国合作。我们不会忘记，当强热带气旋"伊代"袭击津巴布韦造成持续干旱和饥荒时，在我们最需要帮助的困难时期，中国向我们伸出了人道主义之手。这些善行将被我们永远珍视！

津中友谊还建立在维护多边主义的共同价值观和原则之上。构建习近平主席倡导的"人类命运共同体"需要集体努力。经济全球化让世界各国人民前所未有地紧密联系在一起，遵循《联合国宪章》的宗旨和原则、维护和促进多边主义、反对任何形式的单边主义，符合世界各国的共同利益。单边主义在当今世界没有立足之地，只有谈判与对话才能为争端解决带来"双赢"结果。为此，我们对中国政府呼吁取消对津巴布韦的制裁表示赞赏。

最后，我要重申，津巴布韦坚决奉行一个中国原则，强烈反对干涉主权国家内政。各国都有权利为自身的特殊情况找到合适的解决办法。

（文／津巴布韦驻华大使马丁·切东多　原载于《人民日报海外版》2020年2月10日第8版）

津巴布韦纸币已 "清零"

　　说起津巴布韦，网上流传最广的大概就是100万亿面值的津巴布韦元，和 "100万亿也买不起一个面包" 的种种传言。真实的津巴布韦究竟如何？带着这样的问题，"我在中国当大使" 栏目组走进了津巴布韦驻华大使馆。

　　当我们向津巴布韦驻华大使切东多提出有关通货膨胀的问题时，心里有些没底，拿不准大使是否会觉得被 "冒犯"。出乎我们意料的是，切东多大使不仅没有回避，还笑言我们的问题让他兴奋，因为他有了 "讲述真实津巴布韦故事的机会"。

　　切东多大使说，津巴布韦的确经历过恶性通货膨胀时期，通胀率一度飙升至天文数字。所幸，今天的津巴布韦已经走出了那段最艰难的时期。百万亿面值的津巴布韦元早已退出市场流通，目前津巴布韦纸币的最大面值是5元。

　　切东多大使不仅向我们展示了当前流通的津巴布韦元，还特意向我们介绍了津巴布韦电子货币。切东多大使说，在中国最流行的新支付方式是微信、支付宝，在津巴布韦同样流行无现金的支付方式，无现金支付是一个发展方向。

切东多大使一面介绍，使馆工作人员一面在手机上为我们演示——只要在手机上输入个人识别密码后，就可以完成任意金额的交易，十分方便快捷。难怪有人说，当人们对津巴布韦的普遍印象还停留在一张钞票100万亿的年代时，实际上，全面推行加密电子货币已经让津巴布韦走在了数字货币潮流的前沿。

在大使的讲述里，我们了解到一个别样的津巴布韦——这里有悠久的历史、灿烂的文明、秀丽的风景、丰饶的物产，更有勤劳智慧、勇敢坚强的人民。正如大津巴布韦遗址中的石雕"津巴布韦鸟"，历经岁月和风雨打磨始终不改本色。逆风，恰恰是激励鸟儿展翅翱翔、越飞越高的动力。虽遭遇西方严厉制裁，津巴布韦却始终坚持探索符合自身国情的发展道路，如今又提出了宏伟的2030年发展愿景。

津巴布韦纸币从"14个零"到彻底"清零"，正是津巴布韦国家发展历程的折射。为了让人们看到一个更加真实立体的津巴布韦，我们在采访当天制作推出了Vlog《津巴布韦钞票已"清零"》。在视频推出24小时内，综合播放量即超过200万次。网友纷纷留言："原来100万亿的津巴布韦币早已成了纪念币""刷新了对津巴布韦的认知"……

（文/毛莉　栾雨石　原载于《人民日报海外版》
2020年2月10日第8版）

我在中国当大使

度蜜月到"非洲天堂"去

蜜月度假何处去？"非洲天堂"津巴布韦不失为一个选择。日前美国《时尚芭莎》杂志将津巴布韦评选为世界第五大最佳蜜月目的地。

津巴布韦位于非洲东南部，东邻莫桑比克，南接南非，西和西北与博茨瓦纳、赞比亚毗邻。虽然地处非洲内陆，但津巴布韦全年气候宜人，年均气温 22℃，特别是首都哈拉雷四季如春、繁花似锦，被认为是世界上气候最好的城市之一。

津巴布韦是名副其实的非洲"明星"旅游目的地，维多利亚瀑布是其最著名的景点。维多利亚瀑布宽 1.7 公里，最大落差 108 米，是非洲最大的瀑布，也是世界三大瀑布之一。

1855 年，苏格兰探险家、首位踏足此地的欧洲人利文斯通曾感叹，瀑布之壮观让"从上方飞过的天使目不转睛"。1989 年，维多利亚瀑布被联合国教科文组织列入世界自然遗产。

对于喜欢探险的游客，维多利亚瀑布一定不会令他们失望。这里有号称世界上最惊险的"魔鬼游泳池"。从跳进泳池的那一刻起，肾上腺素便

会直线上蹿——湍急的水流绕身而过后随即落下万丈深渊，形成飞流直下三千尺之势，水流与岩石撞击溅起百米水雾。

在非洲班图语中，津巴布韦意为石头建筑，以它为国名，意在展示国家的历史和文明。哈拉雷东南约 300 公里外有一处被称为大津巴布韦的庞大石头建筑群遗址，约建于公元 8 世纪至 10 世纪，占地 1 万余亩。这是撒哈拉沙漠以南非洲地区规模最大、保存最为完好的石头城建筑群体，是非洲古代文明的象征，风格类似的石头建筑群遗址在津巴布韦已发现百余处。津巴布韦人对石头城引以为傲，国名、国旗、国徽和硬币上，石头城都被当作这个国家和民族的象征。

津巴布韦

去非洲不看野生动物绝对是一个遗憾。津巴布韦野生动植物资源丰富，全境遍布国家公园和野生动物保护区。这里还是世界上非洲象最集中的国家之一，境内有大约 8 万至 10 万头大象，其中 40% 生活在与博茨瓦纳接壤的万基国家公园内。在津巴布韦，游客很容易看到成群结队的大象出没。在津巴布韦一些私人动物保护区内，与大象互动或者"象背上的婚礼"是特别受欢迎的旅游项目。

当然，与当地人打交道也是度假中最有意思的一环。来到津巴布韦，没有理由不结交几个热情的当地朋友。津巴布韦人受教育程度在非洲国家中较高，高识字率是他们引以为豪的一点。津巴布韦人比较注重礼节，待人彬彬有礼，热情友好，对老人、妇女尊重谦让。无论在任何场合，津巴布韦人均注意语言美，即便见到不认识的人也会主动问候。津巴布韦人还有见面送礼的习惯，礼物种类繁多，有当地土特产、石雕、铜版画等。

（文／栾雨石　原载于《人民日报海外版》2020 年
2 月 10 日第 8 版）